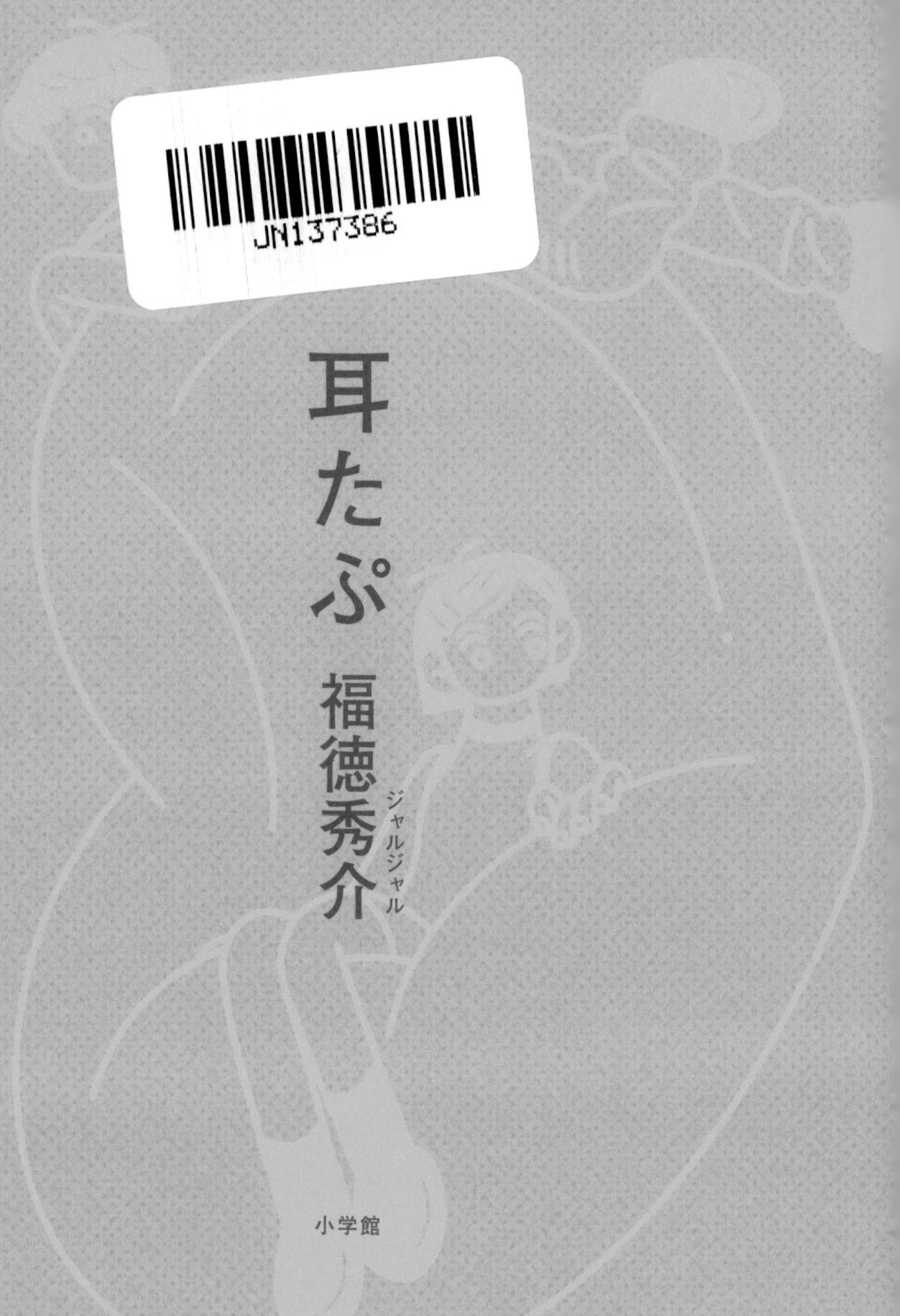

耳たぷ

福徳秀介《ジャルジャル》

小学館

耳たぶ

目次

十秒先の未来に

「黄信号の上に満月が乗ったよ」

こんな無邪気な言葉をいつまでも覚えていることが悔しい。

僕の隣には長い交際期間を経た婚約者が立っているのだから。

「信号長いね」

婚約者が言った。

愚痴のような、でもどこか現実的な言葉に、僕は「そだね」としか言えなかった。

日曜日の昼下がり、肌の老化を目立たせるような日差しと晴れ渡った空。

「ここの信号、昔から本当に長いね。早く青になれよぉ」

婚約者は語尾で口先を突き出した。

信号機は永遠に赤だけを照らすように煌々《こうこう》と光っていた。

「空は青だよ」

ユーモアを少々含ませた返事をした。

「信号って緑なのに、なんで青って呼ぶんだろうね」

「独自性がない、ありふれた疑問だな」

「いつも理由を調べては忘れるの。今も思い出せない」

「お前にとって理由がしっくりこないから忘れるんじゃない？」

「しっくりくるといつまでも覚えていて、しっくりこないとすぐ忘れちゃうのかな」

「そうかもな」

僕は、黄信号と満月のあの言葉にしっくりきていた。言葉はきっと、発した人によって威力や意味合いが変わる。

「黄信号の上に満月が乗ったよ」

これは言葉ではなく、ただの発言。でも、紙に書き残したくなった。だからこれは言葉だった。十年前。ここの信号機を見ながらミハが言った。

ミハ、漢字にすると美波。ミナミではなくミハ。ミハはたびたび、「ミナミでよかったのにー」と愚痴をこぼしていた。

ミハと出会ったのは、僕が社会人になったばかりの頃。東急田園都市線の渋谷駅の隣の池尻大橋《いけじりおおはし》駅で。

僕が住んでいたのは、桜新町駅《さくらしんまち》すぐ近くのマンション。不動産屋さんが言った「桜新町駅は家賃が安いのに渋谷まで電車で十分ですよ。渋谷駅から四駅目が桜新町駅です」という言葉につられて決め、そこで社会人生活をスタートさせた。

渋谷まで十分というのは事実だったが、地獄の十分だった。異次元の満員電車。「いずれ慣れるだろう」とすら思えない。

満員電車で人に挟まれながら無意識に立つ。異次元の満員電車に乗っているときは、意識を〈無〉にする。立つ意識すらいらない。人と人に挟まれているだけで勝手に立っていられる。どれだけ脱力していても倒れない。これはもはや楽なのかもしれない。いや、そんなわけはない。イヤホンで音楽を聴きながら目をつむる。音楽の世界に没入するためではなく、電車内の雑踏音をかき消すため。

その日も、桜新町駅から、すでに異次元の満員電車に呑《の》み込まれた。あえて最後に乗り込み、ドア際に立つ。いつもより密度が高い。ゴールデンウィーク前のせいで出社する人が多いのか。駒沢《こまざわ》大学駅に到着すると背後から「降りるからどけ」という圧力を感じ、一旦電車を降りた。この隙に、軽い深呼吸をする。地下鉄のホームの空気はおいしいわけではないが、車内の空気に比べたら幾分おいしい。ここでも再び一番最後に乗る。もう入る隙間もない車内に、僕は僕を押し込むように無理矢理入る。ドアが閉まる瞬間だけ息を止めて身を縮める。ドアが閉まりきると、息を吐き、ドアに身を預ける。さっきよりも密度が高くなっている。そして三軒茶屋《さんげんぢゃや》駅で、再び、降りる乗客のために一旦降りた。そして、また最後に乗り込んだ。

次の池尻大橋駅でも同じように一旦降りて、再び乗ろうとしたが、入る余地がなかった。押し込んで入ろうとしても隙間はできなかった。すると駅係員がホーム全体に聞こえるアナウンスで「次の電車をご利用ください」と言った。そしてドアが閉まった。

「え？」

横にいる人が声を発した。それがミハだった。

僕は、「あなたの仲間ですよ」をアピールするために「あっ」と声を出した。

池尻大橋駅の渋谷方面のホームには、通勤ラッシュの時間帯にもかかわらず、僕とミハしかいなかった。ほんの二秒くらい。この瞬間に僕は二つのことを考えた。

滅びた地球に生き残った二人みたいだ。――幼稚な妄想。

会社辞めよう。――健全な暴走。

「生き残った。会社、辞めよう」

勝手に声が出たのか、ミハに聞かせたかったのか。はたまた誰かに聞いて欲しかったのか。

「え？　なんで？」

ミハは初対面の僕に友達みたいに話しかけてきた。

「わかんないですけど、ふと、今、辞めようと思ったのです」

「マジ?」

「マジです。今から電話します」

「本当に!? すごい瞬間見られる」

ゆったりとしたパーカにリュックを背負ったミハを見ていると、スーツを脱ぎ捨ててビジネスバッグを投げ捨て、今すぐパーカを着たいと思った。

そして僕はその場で電話をかけた。

「もしもし、原木《はらき》ですけど。辞めようと思いまして」

電話している間、ミハはずっとニヤニヤとしていた。

断固として「もう行かない」と宣言する僕に、上司は「大人としてどうなんだ? とりあえず一回会社に来なさい」と真っ当なことを言った。目の前にミハがいたから、僕は強気だった。

「嫌です」

ミハは僕を強くしてくれる。間違った強さだったかもしれないが、耳がぽわっと温かくなったことで正しいことをしている気持ちになった。またパーカのフードをかぶっているときのように、顔の周りだけに自分の世界が広がっていた。上司は「五月病より早い人は珍しいよ。でも手続きとか色々あるからとりあえず一旦会社に……」と呆《あき》れ返っていた。

強引に電話を切ると、ミハが「私も大学サボろう」と言った。

「いやいや、会社辞めると、大学サボるは、同等じゃないから」

ミハは大いに笑ってから「歩かない？」と言った。

「いいですよ。僕はもう自由ですから。歩きましょう」

池尻大橋駅の改札を出て、地上に上がり、国道二四六号線を渋谷方面とは反対方向に進んだ。

僕らは身の上話をした。ミハは渋谷にある大学の三年生。三軒茶屋の女子寮で下宿していた。話さなくてもいいのに僕は十三歳のときに父が死んだ話をした。話さなくてもいいのに、と思うのは、決していいムードにならないからだ。でも、自分の弱さを見せたかったから話したのかもしれない。また、突然会社を辞めるという奇行には、何かしらの理由があると思われたかった。父が十三歳のときに死んだことと、会社を辞めることに因果関係はないが、ミハの中で整合性が取れたらいいなと、浅はかなことを考えていた。

ミハの反応は、「そっか。寂しいね」などの安易な共感の返事ではなく、想定を遥《はる》かに超えていた。それでいて僕にしっくりきた。

「十三年も育ててくれた感謝と、十三年しか育ててくれなかった恨み、どっちが強いの？」

ミハの質問は僕に馴染《なじ》んだくせに、返事ができなかった。答えがわからなかったからだ。

当然、父に対して感謝はあった。しかしミハの質問のせいで、恨みを持つ、という発想が芽生えたのだ。いや、恨みがあることに気がついてしまったのかもしれない。

三十分以上歩いただろうか、駒沢大学駅前の交差点でミハが「ずっと大通りで排気ガス吸ってるから、ここ左に曲がろう」と言った。

「うぃっす」

「ここの通りの名前知ってる？」

「知らない」

「自由通りっていうんだよ」

「へぇ。自由か。いいね」

「会社辞めたんだし、もう自由だよ。すぐそこに駒沢公園あるけど、行く？」

「いいね」

僕がうなずくとミハが頭を素早く叩《たた》いてきた。

「痛《いた》」

「会社辞めた日に公園に行くようなありがちなことをするな」

「ミハが言ったんだろ」

「あー、ミナミがよかったな。ミハって、なんか最後に空気が抜けるよね」

「ミ、ハァ――――」

僕のおどけに、柔らかい強さで腹を殴ってきたミハ。

「自由が丘に行こうよ」

「近いの？」

僕にはまだ土地勘がなかった。

「このまま歩けば着く。さぁ！　自由なる丘へ」

そこから適当に二回曲がったことを覚えている。曲がった回数を覚えているのは全ての行動に意味があったからだ。

一回目はミハが「このまま進むとガソリンスタンドがある。ガソリンの臭いにだまされて、動かなきゃ、と思うかもしれないからその前に曲がろう」と言った。それに対して僕は「いやオレたちは車じゃないし。ここは一つ、ガソリンを嗅ごう」と直進し続け、途中で緑道を見つけ、互いに「ここいいね」と右に曲がった。二回目はすぐにミハが「緑道飽きた」と左に曲がった。

そのまま真っ直ぐ進むと急な上り坂。

「この坂道、太鼓《たいこ》坂っていうんだよ」

またミハが教えてくれた。

「へぇ」

「『どんどん！』って言いながら歩く？」

純喫茶のショーケースに並ぶメロンクリームソーダを乗せたような可愛《かわい》い風が、僕の心をゆらゆらさせた。

　太鼓坂をのぼりきると大通りがある交差点に出た。ミハが「この大通りは目黒通りだよ」と教えてくれた。

「そういえば自由通りから、いつ外れた？」

　信号が青に変わり、目黒通りを横断しながら、ミハは僕の質問に冷静に返事をした。

「そりゃ曲がったときでしょ」

「じゃオレはもう自由じゃないのか」

「自由なんて一瞬だよ。自由なんて入り口だけ。覚えておけよ、ハラキ」

　核心を突かれた気持ちになったのは、突発的に会社を辞めた自分に、冷静な自分がじわじわと覆いかぶさっていたからかもしれない。でもその焦りは、ミハに「ハラキ」と呼び捨てされたことで一瞬にして消えた。

　目黒通りを横断してそのまま直進すると、車道が主となる緩やかな下り坂。

「ここは学園通りだよ」

　もう学生時代には戻れないことが頭をよぎったのは、紛れもなく学園通りの名前のせい。それをごまかすためにミハに聞いた。

「なんでそんなに通りの名前に詳しいの？」

「意識すれば誰だって覚えられるよ。ハラキは意識してないから覚えられないだけだよ」

「おっしゃる通りだな」

「でもさ、意識、ってしんどいよね。私、先月の春休み、大学の友達四人で奈良に旅行に行ったの。奈良公園。鹿がいっぱいいた。鹿の前でみんなで集合写真撮ったの。みんなは三本指で鹿の角ポーズしてた。でもね、なぜか私だけできなかった」

「ダサいと思ったの?」

「わからないけど、多分、みんなと同じポーズをしたくない、こんな出来事を残したくないって思ったの」

「それが、意識、なのかどうかわからないけど、そういうのって面倒くさい感覚だよな」

自転車に乗った男子高校生三人組が大きな声でしゃべりながら横を通り過ぎた。

「なんか、青春だよな」

僕はありふれたことを言ってしまったような気がした。対してミハはこう言った。

「ねぇハラキ、今の三人組すごいよね?」

「なにが?」

「一番前の子がリーダーっぽかったのわかる?」

「うん、そんな感じだったな」

「それなのに、あの子だけ、ママチャリだった。他の二人はタイヤが細くて、オシャレな自転車に乗ってた。なんかすごく信頼できる三人組だわ。あんな友達グループの一員になりたかった」

自分とミハの着眼点の差が恥ずかしくなった。

「大学楽しくないの？」

「楽しいとか楽しくないとかじゃないんだよね。高校って楽しくなかったら致命的だけど、大学って楽しくなくても別にいいんだよね」

「あー、わかる。ミハはどんな高校生だった？」

「引きこもってた。学校行ってなかったんだ」

ミハは淡々と続けた。

「引きこもり続けてた。でもね、引きこもって、引いて、引いて、引きこもって、引いて、後ずさりして、引き続けた結果、裏口から出られた。裏口あったわ。おかげさまで今、大学生」

僕は笑ってしまった。

「笑うなよ。この話をして笑った人、ハラキが初めて」

「いや、普通におもしろいよ。今ので笑わない人ダメだろ」

「ねぇ、コーヒーテイクアウトしない？」

ミハの誘いで学園通りにあったカフェに入った。

ミハはレジで、オリジナルコーヒーを指さし「このコーヒーって甘いやつでしたよね？」と店員に質問した。

僕はミハが苦いブラックコーヒーを飲みたがっているものと思った。また、このカフェで苦いブラックコーヒーを飲むつもりが、オリジナルコーヒーを注文し、甘いコーヒーを飲む羽目になった経験があることを悟った。

店員が「はい。こちらはミルクも入って甘いものです」と答えると、ミハは「じゃこれで」とオリジナルコーヒーを注文した。

予測できない人だと思った。美波。ミナミではなくミハ。

僕もオリジナルコーヒーを注文して、紙コップを片手にカフェを出た。

「苦いコーヒーを飲むって思ったよ」

「え？　なんの話？」

過去は十秒ごとに捨てているかのような顔をしたミハ。

「なんでもない」

「気づいてる？　もうここ自由が丘だよ」

そこから僕たちは自由が丘の隅々を歩いた。

雑貨屋で買いもしない雑貨を見た。

石畳の細い路地でふざけあった。

蕎麦屋《そばや》でうどんを食べた。

高級な眼鏡屋で買うつもりのない眼鏡をかけた。

カーテン屋で買うつもりのないカーテンを見て悩むフリをした。

僕はずっと、たった十秒先の未来にわくわくし続けていた。しかし空の色が徐々に暗くなっていくと、明日からの自分にそわそわし始めた。

「じゃ帰ろっか」

ミハが言った。

僕らは学園通りに戻り、緩やかな坂道を上がった。目黒通りに突き当たると赤信号で立ち止まる。

「あの歩道橋で、目黒通り横断しよっか」

ミハが少し離れたところにある歩道橋を指さしながら言った。歩道橋と、暗くなりきっていない空が、秋の夕方みたいで僕を不安にさせた。

歩道橋の階段を一段ずつ上がる。

「私とハラキって今日初めて会ったんだよね。言っておくけど、こう見えて私、多少は緊張してるよ。正直、変な人を少しだけ演じていた自分がいた」

「そうなんだ」

僕たちは歩道橋の真ん中で立ち止まり、柵の上に両腕を乗せて寄りかかり遠くを眺めた。車の騒音と風の音が休むことなく聞こえてくる。

車が途切れずに行き来する目黒通りの真上にいることを贅沢《ぜいたく》に思えた。普段見えないトラックの上部が見える。

「私思うんだけど、歩道橋って最高の展望台だよね」

ミハが言語化してくれた。

このままずっと僕の隣にミハがいてくれたら、十秒先の未来にわくわくし続けられる。

「また遊ぼうな」

「ダメだよ」

トラックが走り去ると歩道橋が小さく揺れた。そしてミハが「あっ」と声を出してから言った。

「黄信号の上に満月が乗ったよ」

「え？」

「あの信号の黄色のちょうど上に満月が乗ったの。ほら、ここの目線から見てよ」

ミハは僕の腕を引き寄せた。僕は膝を少し曲げてミハの目線の高さで見ると、もう点灯していない黄信号の上に満月が位置していた。

「本当だ」

「次の黄色まで、ここで待ってて」

「うん」

ミハの指示に従うことにした。注目している信号が青になった。黄色を待つ。しかし青く点灯し続けている信号。

「あそこの信号、長いんだよね」

ミハが言った。そのタイミングで歩行者信号が点滅して赤に変わった。

「そろそろだよ」

張り切るミハ。

信号が黄色に変わり、あっという間に赤になる。

「あ、本当だ。黄色の上に満月乗ったわ」

「リアクション薄いねー。もっと感動しろ！　ハラキ！　ハラキ！」

トラックが連続で歩道橋の下を通り抜け、歩道橋は小さくぐわんぐわんと揺れた。足が浮つく感覚。さらにミハの「ハラキ！」という強い声。耳の仕組みはよくわかっていないが三半規管と鼓膜が刺激され、ずっと抑え込んでいたものが噴射した。

「うわー！　すげー！　黄信号の上に満月乗ったよ！　満月が、大きい黄信号にも見えたし、黄信号が、小さい満月にも見えたよ！」

自分の大げさな動きと大声が、自分を冷静にする。

「オレって本当にバカだよな！　突然会社辞めてさ！　そのくせ、今日、出会った人に、本気で恋してんだよ！　今日出会ったのに、十年前から恋してるくらいの量で恋してるんだよ！　やべぇだろ、こんな社会人！　もう会社辞めたし、社会人ではないか！　そりゃ『また遊ぼう』って誘っても、『ダメだよ』って即答されるわな！」

「ハラキ、うるせー！」

ミハが怒鳴った。

歩道橋はずっと小さくぐわんぐわんと揺れていた。


「ほら、信号、青に変わったよ、行くよ」

隣にいる婚約者が言った。

「なぁ、あそこの歩道橋、覚えてる？」

「なんだっけ？」

「ほら、オレたちが出会った日、あそこで、黄信号の上に満月が乗った、って」

「そんなことあったっけ？　というか、ハラキが私に告白したところでしょ？」

「え？　あそこの歩道橋の思い出、それなの？」

「そりゃそうでしょ」

ミハと出会った日。あの日から十年が経った。たくさんの日々をミハと過ごした。結婚することにもなった。しかし、あの日を超える日がない。あの日を超える瞬間もない。あの日を超えられる予兆もない。出会った日を超えられない二人が、このまま共に過ごしていいのだろうか。

「黄信号の上に満月が乗ったよ」と言った無邪気なミハはどこへ。

十秒先の未来にわくわくした僕はどこへ。

僕たちは二人でくすんでいた。

いや違う。こんな僕だからだ。僕のせいでミハは変わってしまったのだ。僕がミハを変えてしまったのだ。謝りたい。悔しい。

「正直に言っていいか」

「なに？　いいよ」

「お前と出会った日、楽しすぎたんだ。幸せすぎたんだ。この人と一緒にいられたら、毎十秒が永遠に楽しいって思ったんだ。でも、この十年、あの日を超える日はなかった」

「え？　私もだよ」

同じ感覚だったことに動揺した。

「お前はそれでいいのか？」

「出会った日を超えられないのは、いいと思うよ。だって私たちの土台を作った日だから。きっと私たちは土台がすごく強いの。それってすごいことだと思う。地盤が緩むことも沈むこともない二人」

「ふーん」

「なんだその返事。なら私も正直に言うわ。去年かな、本当はもうハラキと別れてもいいのかなって思ってたの」

「え?」

「でもふと気づいたの。ハラキに対して、恨みが微塵《みじん》もないことを。そりゃ不満は山ほどある。不満なんていくらあってもいいんだよ。人と人なんだから。理解しあえばいい。どうせどこかに出口があるし。でもね、恨みは絶対にあったらダメなんだよ」

「恨み」

「恨みに出口はないからね」

僕もミハに対して恨みはない。恨みが芽生えるとしたらいつなのか。ふと思ったことを、自分に言い聞かせるように言った。

「もしかしたら、別れた瞬間、恨みが発生するのかも。恨みあう覚悟ができた恋人たちが別れるのかも」

「あー、そうかもね」

「オレはお前と恨みあいたくない」

「私だって」

十三歳のときに父が死んだ。これをミハに話したことで、父に対して恨みがあることに気づいてゾッとし、この恐怖みたいなものにふたをして過ごしてきた。でもきっと、父ともう会えないからこそ恨んだのだ。この恨みは美しいのかもしれない。出口がいらない恨み。宝箱に迷い込んだ恨みだ。

「お前、オレのことといつまで『ハラキ』って呼ぶんだよ。お前も原木になるんだぞ」

「ハラキはハラキだもん」

「オレさ、いつの間に、お前のことお前って呼んでるんだろ。ミハに戻すわ。だってお前はミハだもんな」

「勝手にして。あ、信号」

せっかく待った長い信号。歩行者信号は、点滅を終え、赤になっていた。

そして車両用の信号は黄色になって、赤になった。

僕たちは再び青信号に変わるのを待つ。

ソフトクリームの置物

僕は公園のベンチに張り付くように座っていた。

すると、見ず知らずの女が話しかけてきた。二十代半ばだろうか。

「ちょっとお聞きしたいんですが……、これを理解できるか聞きたいのですが……、えーっと……、大きいソフトクリームの置物、たまに店の前にあるじゃないですか。そのソフトクリームの一番上？　先端部分が尖《とが》ってて、くるっと垂れてるのわかりますか？　そこが輪っかみたいになってるの、想像つきます？」

弱気な目。それを隠すようなハッキリとした眉。

彼女の声は鼓膜を震わせるのではなく、鼓膜に触れてくるようだった。

このときすでに、彼女の様々な思考を聞きながら、夜、眠りにつきたいと思っていた。

「え？」

「やっぱりわからないですか？」

「いや、ちょっと混乱して。ソフトクリームの先端のことよりも、なぜそのことを聞かれているのかが気になってしまって」

きっと彼女は子供みたいに、突然走り出す。

「あ、私、今、小説書いてて、それが伝わるのかなって」

「そういうことか。……置物のソフトクリームの先がくるっとなってるの、わかりますよ。輪っかになってるのも、わかります」

「よかったー」

胸をなでおろす彼女を見ていると、一緒にどこか遠く旅に出て、一日に数本しかない鈍行列車に飛び乗り、「間に合った！　よかったー」と僕にしか聞こえない声で言って欲しくなった。

「もう一個だけ聞いていいですか？」

「一個……、はい」

「そのソフトクリームの先端の輪っか部分に人差し指を入れるってわかります？　で、そのまま人差し指引っかけてソフトクリームを持ち上げる。あ！　言い忘れてた。夜です。ソフトクリーム、光ってます。中から。ライトで。で、人差し指でソフトクリームを持ち上げて、コードがピーンってなってる。わかります？　で、コンセントが抜ける。わかります？」

「一個以上、聞いてないです?」

僕の指摘は浅はかだ。

彼女の感性はあまりにも深い。

「んー、丸ごとで一個、聞いてるんです。ぶどうみたいに」

「……ぶどう?」

「一粒じゃなくて、一房。じゃあ、『一房だけ聞いていいですか?』って言えばよかったのかな」

彼女を抱きしめることが許されない世の中であることが疎ましい。

「僕はソフトクリームの件、一房分、全部わかりましたよ」

「よかった! すみません。ありがとうございました」

「あ、名前だけ聞いていいですか? ペンネーム?でもいいので」

「ヒロイナミです」

「ありがとうございます」

彼女は満足した顔をした。そして去っていった。

遠ざかる彼女の背中。僕が止まっているから、彼女が去っているように感じるのか。

僕には何もなかった。ゼロだ。

彼女には何かがたくさんあるように思えた。

僕に何か一つでもあれば、彼女と合わさることができる。
彼女の小説を書店に並べたい。この一つを彼女に足したい。
いつの日になるかはわからない。
とりあえず今できること。
「本屋で働いてみるか」
幼い頃、遊び場だった公園。いつしか逃げ場になっていた。
僕は立ち上がった。
近くにいた雀《すずめ》が一羽、飛び立った。

大好きと好き

「天気いいな」

ハジメが青空とつりあった澄んだ声を出した。

私たちの高校の制服と青空の組みあわせが、ポスターみたく、嘘《うそ》くさいほどにきれいだ。

「そうだね」

「今、一番いらないモノは傘だな」

「でも、偶然に今日、傘を買う人も絶対にいるよね」

「帰り道、少し恥ずかしいんだろうな。周りから『あの人傘持ってる!』って思われて」

ハジメは私を指さしながら言った。

「違うんです! 私はさっき傘を買ったんです! これは買ったばかりの傘です! 決して、今日、雨が降ると勘違いしていたわけではありません!」

私は傘を持っているフリをして、新しい傘を買った人を演じた。

「おい、メグミ！　嘘ついているだろ！　メグミは今日、雨が降ると思っていたんだろ⁉

だって、その傘はどう見てもボロボロだ！　今日、買った傘には見えない！」

自分の名前を呼ばれることで、演じていることが恥ずかしくなる。ボロボロの傘、という設定を勝手につけるハジメ。

「こ、これは、中古の傘なんです！」

「つまり、中古の傘屋に行ったと⁉」

「はい」

「そんな店、聞いたことない！　つまり、犯人はメグミさん、アナタです！」

ハジメは、私の顔を指さして、探偵になりきった。

「は、はい。私がやりました」

「……いやいや、これ、なんの事件⁉」

ハジメの締めの一言で、私たちは大笑いした。

私とハジメはたまに一緒に下校する。そして、有栖川宮《ありすがわのみや》記念公園に立ち寄り、このような、ふざけた時間を過ごす。

私たちのすぐ近くで、子供たちが熱心にサッカーボールを蹴りあっている。チーム戦のように見えるが、ゴールがどこにあるのかはわからない。ルールもいまいちわからない。ただ楽しそうだ。

私は壱崎《いちさき》くんと下校することもある。

壱崎くんとの帰り道、会話の始まりが、いつの日かのハジメと同じやり取りになったことがあった。

「天気いいな」

話題に出さざるを得ないほどの青空を見て、壱崎くんが言った。

「そうだね」

返事をした瞬間に、ハジメとの変な探偵ごっこを思い出した。

「毎日、こんな天気でもいいよな」

「わかる」

有栖川宮記念公園に入ると、壱崎くんが立ち止まり、鼻から大きく息を吸い込み、口からゆっくりと吐き出した。

「小中学生の頃って、ラジオ体操とかの深呼吸をする意味がわからなかったんだよな。だって普段から息をしているから、わざわざ大げさにする必要なくない？って。でも最近、わかるんだよ。深呼吸って気持ちいいんだよ」

私もゆっくりと深呼吸をした。

「うん、気持ちいいね」

ロケット鉛筆の要領で、新しく吸い込んだ空気が、古い空気を追い出してくれる感覚。

自然と私たちはベンチに並んで座った。

「深呼吸の、しんって、深いじゃなくて、心、の方がしっくりくるよな。メグミはどう思う？」

壱崎くんはよく自分の考えを述べる。

「ほんとだね。でも漢字テストで、しんこきゅうを、心の呼吸って書いたら不正解だね」

「……悔しい」

真剣に悔しがっている壱崎くん。

「でも、高校二年にもなって、しんこきゅうの漢字問題は出ないから安心して」

「あ、そうだな」

私たちは笑った。自然と笑うのではなく、ここで笑うことがマナーであるかのように笑った。

少し離れたところで子供たちが輪を作り、じゃんけんをしている。負けた一人がこっちに向かって、「ひゅーひゅー！」と茶化してきた。そして子供たちは散り散りに走った。

私と壱崎くんは、自然と笑った。

会話の入り口が同じでも、相手が違うだけで、出口が全く違った。ハジメと壱崎くん。

ハジメと過ごす時間は楽しい。壱崎くんと過ごす時間は心地いい。どちらも幸せな時間。

私の名前は愛。よく「アイ」と間違われる。読み方はメグミ。愛には様々な読み方がある。〈愛〉に〈しい〉が並ぶと、〈いとしい〉になる。〈愛〉に〈でる〉が並ぶと、〈めでる〉になる。〈いと〉と〈め〉は別物。同じ〈愛〉とは思えない。でもどちらも正しい。私の横にハジメが並ぶと、〈楽しい〉になる。私の横に壱崎くんが並ぶと、〈心地いい〉になる。〈楽しい〉と〈心地いい〉はどちらも幸せなこと。私は二人とも大好きだ。


今日、とても贅沢《ぜいたく》なことが起きた。

ハジメと壱崎くんに告白されたのだ。大好きな二人に。

朝、登校中、偶然ハジメと会った。

「メグミ、おはよ」

「あっ、おはよ。朝一緒になるの珍しいね」

「メグミオハヨ」

「AIみたいに言わないでよ」

「おっ、よくわかったな！」

「わかるよ」

「やっぱりオレたち仲いいんだよ。なぁ、オレと付き合ってくれない？　返事は放課後でいいから！　だから今日一緒に帰ろう。じゃっ」

「え？」

走り去るハジメの背中を眺めて、動悸《どうき》が止まらなかった。速すぎる私の動悸と、走っているハジメのテンポが合わず、笑いそうになった。

昼休み、壱崎くんが教室の前にいた。

「あっメグミ、ちょっといい？」

「どうしたの？」

「廊下で、人もいるから、そんなに大きい声では言えないんだけどさ」

「え、どうしたの？」

「……ごめん、ちょっと深呼吸させて」

大きく息を吸い込み、吐き出す壱崎くん。

「あー、やっぱり深呼吸は、心って漢字が正しいよ。あのさ、小声でごめんなんだけど、メグミのこと、好きなんだ。返事は帰りでいいや。だから今日、一緒に帰ろう。じゃまたあとで」

「え？」

廊下の奥にゆっくりと消えていく壱崎くん。

私の激しい動悸がビートとなり、壱崎くんの歩くテンポと妙に合って、心地よかった。

私はどっちが好きなのか。ハジメ？　壱崎くん？

答えは見つからないまま放課後になった。

正門に向かうと、すでにハジメと壱崎くんがいた。

ハジメが「よっ」と、壱崎くんが「おっ」と挨拶をしてくれた。

それぞれに「よっ」と「おっ」と返した。

この瞬間、わかった気がした。

私は、二人とも大好きだ。でも、二人とも好きじゃないのだ。

「大好きなら好きだろ」と思われるかもしれない。しかしそれは勘違い。

〈大〉がつくからって、〈好き〉の度合いが増えるわけではない。

言葉として、〈大好き〉は〈好き〉よりも、感情が強い。例えば、「アボカドが好き」より、「アボカドが大好き」と言った方が好みが伝わる。例えば、「演歌が好き」より、「演歌が大好き」と言った方が思いが伝わる。ところが、人が対象になると、〈大好き〉は〈好き〉よりも威力が弱くなるのではないだろうか。例えば、「ハジメのことが大好き」と言えば安っぽく聞こえて、「ハジメのことが好き」と言えばコクがあるのではないだろうか。きっと、この事実を知らない人は、〈大好き〉にだまされて、〈好き〉になっていると勘違いして、恋愛がうまくいかないんだ。

壱崎くんと過ごす時間は心地いい。もし、壱崎くんのことが好きなら、壱崎くんと過ごす時間は、〈好きがゆえの照れ〉が邪魔をして、心地いいなんて言っていられないはずである。

　私は、〈楽しい〉や〈心地いい〉を感じてしまっている。それは大好きだからだ。まだ好きに満たないからだ。好きに満ちたとき、〈照れ〉が日常生活を侵食するのだろう。

　今日のお弁当もおいしかった。今日の空模様はきれいだ。日常生活に支障はなんら出ていない。

「お待たせ！　私、二人とも大好き！　でも二人とも好きじゃない！」

耳たぶ

「三月最後の日曜日は季節外れの寒波が――」
土曜日の夜、天気予報が不穏な情報を伝えてきた。
明日は坂上《さかがみ》くんとデート。
デートってなに？　高二の私は知らない。高三寸前の私も知らない。
恋人同士の二人が出かけることがデートなら、明日はデートではない。
二人の人間が出かけることがデートなら、これはデート。

終業式の日、長身の坂上くんに誘われた。消去法みたいな理由だった。ドキドキしなかったのに、耳は少しだけくすぐったかった。
「学校が休みの日、オレは絶対に井上《いのうえ》と遊んでる。春休みなんて毎日遊ぶぞ。それなのに三月最後の日曜日に井上は、半田《はんだ》さんと出かけるみたいなんだよ。どうにかなるのか、あの二人は？」

「知らないよ」

私は長身の坂上くんを見上げながら答えた。

「なぁ、オレたちもどこかに行かないか？　日曜日に遊べる女子、お前くらいだからさ」

「私たち日曜日遊んだことないじゃん。そんなことよりさー、女子と遊ばないといけないの？」

「井上がそうだから」

「いいけど、どこ行くの？」

「知らねぇよ。お前が決めていいよ」

坂上くんと出かけたいスポットは特になかった。私が考え込むと、坂上くんが急《せ》かすように聞いてきた。

「なんかないか？」

「強いて言うなら、ワイヤレスイヤホンが欲しい。イヤホン買いに行きたいかな」

「なんだそれ。でもいいよ。じゃイヤホン買いに行くのついていってやるよ」

そもそも誰が誘ってきたのかという違和感をスルーできたのは、しっかりと地についた体に対して、耳たぶだけがひらひらと揺れる感覚があったからか。

その日の夜、クローゼットを開けて、日曜日に着ていく服を決めた。

白と青のボーダーのロンTに、明るいグレーのオーバーサイズのカーディガン、デニムのスリムパンツ、足元は黒のローファー。制服のローファーよりもボリュームがあり、カジュアルにはけて最強に可愛《かわい》い逸品。クローゼットの中から厳選した組み合わせで全身コーデを決めた、わけではない。

私は私服貧乏。

一つの季節にベストコーデは一つしかない。全ての季節に一つのベストコーデがある、というわけでもないのが恐ろしい。先月までの真冬の時期はベストコーデを見つけることができなかった。冬のアウターに可愛いモノなんてなかった。だから友達と学校が休みの日に出かけることはなかった。着られる服がないから。

「分厚いアウターを着てお洒落《しゃれ》をすることは不可能だ。つまり真冬にお洒落はできない」と、どこかのモデルが名言を残していないだろうか。

私服貧乏。

私は私服貧乏。

私服貧乏は制服高校生の運命か。

でも私服裕福な制服高校生はごまんといる。

わけわけらん。

土曜日、学校は休みで、一人で原宿《はらじゅく》に出かけた。明日着ていくベストコーデを上回るコーデを、あわよくば見つけようとしていた。

ちなみに今日着ているのは、明日着ていくコーデ。この、ほぼ春みたいな時期に着られるのはこの一択だけ。私服貧乏。

残り少ないお年玉を片手に原宿へ。私服貧乏とは決して資金力ではない。センスの問題だ。いや、資金なのか。いや、違う。

大まかに言うと、度胸、かもしれない。

親に「服買って」とねだれる度胸、「これも買って」と言える度胸。お母さんが「服を買ってあげる」と一緒に買い物に出かけても、お母さんの手前、本当に欲しい服を見て見ぬフリをしたり、お母さんが「いいねこれ」と言ってくれそうな服を選んだりしてしまう。また、一着買ってもらったら、それで満足しているフリをしてしまう。本当はアノ服もコノ服も欲しいのに。

だから一人で買い物に出かけた方が、ありのままの自分で買い物ができる。ただ金銭的には困ったものだ。

何気なく入った店内に見つけた〈セール品〉のみのラック。

冬物のアウターがずらり。全て五千円で買える。その中からショート丈の黒いダウンを見つけた。店員に声をかけられる前にこっそりと試着をして、全身鏡の前で気取らない程度に、不器用にくるっと回った。ダウンから覗《のぞ》くオーバーサイズのグレーのカーディガンの具合が、電柱の陰から覗く野良猫より可愛かった。

「もっと早くこれに出会いたかった！　次の冬のために欲しい！」と思ったものの、ほぼ春みたいな季節に冬物のアウターなんぞ買おうものなら、この春、夏前、夏……と、どうする？　私服貧乏に追い討ちをかけてしまう。「また会おうね」とラックに戻した。

結局、収穫はなく、土曜日の昼に原宿を一時間ぶらっとしただけで帰宅した。すぐに部屋着に着替えたのは、下手に服を汚さないため。

そしてその夜、天気予報が明日の寒波を知らせてきた。

「三月最後の日曜日は季節はずれの寒波が――」

ダウンを買っとけばよかったと後悔している暇はない。どうしたらいいものかと思いつつ、ある程度の覚悟はできていた。

寒波の中、今日着たほぼ春みたいな時期のベストコーデで、坂上くんと出かける。

そのとき、スマホが鳴った。長身の坂上くんからのメッセージだった。

〈明日のこと忘れてないだろうな？　明日十二時くらいに待ち合わせでいいか？　イヤホンはどこで買う？〉

〈十二時でいいよ。大きい電器屋さんで買いたいから、渋谷《しぶや》かな。行ったことないけど秋《あき》

葉原《はばら》でもいいかも〉

〈秋葉原オレ知らねぇから、渋谷で〉

知らない秋葉原も楽しそうなのに、つまんないなと思った。

〈ってかお前、本気のイヤホン買うんだな〉

〈本気のイヤホン？〉

〈電器屋でイヤホン買うって本気じゃん。原宿とかの雑貨屋だったら、安くて見た目もいいやつたくさんあるぞ。たぶん〉

なんだか楽しそうな誘いで、また耳たぶだけがひらひらとした。

待ち合わせ場所を決めて、やり取りを終えようとしたところで続けてメッセージがきた。

〈お前今日原宿にいただろ？　井上と原宿でハンバーガー食べてたらお前見つけた。グレーのカーディガン着てただろ？　ズボンは細いデニムだった。アレお前だろ？　お前見つけた。お前見つけた。お前見つけた〉

最悪。

〈お前見つけた〉を、あえて連発するという坂上くんの冗談を、おもしろがる余裕はなかった。

両目を強く閉じた。

明日着ていく服を見られた。もう明日着ていけない。私の覚悟を返せ。いや、そんなことはどうでもいい。明日着ていく服がない。私服貧乏が全てを失った。強く握りしめた右手。力を緩めると部分的にうっ血していた手のひらの色が健康的に戻る。爪はきれいに切られている。爪の根元の白い部分が目に入る。爪でさえお洒落をしている気がした。それなのに私には明日着ていく服すらない。もし爪がパレットで、根元の白い部分が白い絵の具だったら、私はここに何色を混ぜようか。知らない。そもそも意味不明な妄想。いっそのこと、明日、坂上くんが私を家から連れ出してくれないかな。連れ出された私は部屋着のまま飛び出す。私服に縛られる必要はない。部屋着で原宿をぶらぶらして、雑貨屋で可愛いイヤホンを買う。さっそく装着。イヤホンから流れる音楽に揺れる体。自然と耳たぶもひらひらと揺れる。ついでに雑貨屋で音符の形のイヤリングを買おう。耳たぶに音符をぶら下げよう。耳たぶ音符、耳たぷだ。ひらひらと揺れる耳たぷ。音楽に身を任せて踊る私。激しく揺れる耳たぷ。音符が落ちる。耳たぷが耳たぶに戻る。私の耳たぶは小さな小さな扇子のよう。揺れると小さな小さな風を吹かせる。その風は下向き。私の肩にうっすらと当たる。その感触は誰かが私の肩に手を置いているよう。振り向くとそこには誰がいる？　当然、長身の坂上くん。坂上くんは言う。「お前見つけた」と。私は「さっきまで一緒にいたじゃん」と言う。すると坂上くんは「お前見つけた。お前見つけたかったから、お前見つけた。お前見つけたとき嬉《うれ》しかった。知り合いを見つけてテンションが上がったとかじゃない。四つ葉のクローバーを見つけたときみたいなやつ。周りのみんなは三つ葉。

お前は四つ葉のクローバー。お前から見たらオレはどんなクローバー？」と。私は「わかんない。背が高いからてっぺんが見えない。でも多分、三つ葉」と。坂上くんは「がんばって葉っぱを一枚増やす」と。私は「葉っぱが一枚増える瞬間を見てみたい」と。坂上くんが「もし四つ葉になれたら、『四つ葉のクローバー見つけた』って言って欲しい」と。私は「いいよ」と。そもそも私は部屋着。原宿なのに。部屋着の私を見て、坂上くんは大笑い。私は「坂上くんが私を連れ出すからでしょ」と一緒に笑う。私と坂上くんの笑い声が原宿に響く。地面に落ちた音符のイヤリングがぷるぷるっと反応する。

両目を開ける。

神経を指先に戻し、スマホをタップ。

〈え！　見られてたの⁉　今日原宿行ってた。お洒落してたんだ。でも明日は坂上くんと出かけるだけだから部屋着で行くね笑〉

〈おい！　なんでだよ！　お洒落しろよ！　お前の私服初めて見たけど、お洒落でビックリしたよ。原宿に馴染《なじ》んでた。井上と二人でビックリした。なんだったら今日の格好で明日来い！笑〉

〈二日連続同じ格好？笑〉

〈そう笑〉

〈わかった笑〉

改めて待ち合わせ場所を確認して、やり取りを終えた。スマホを置き、胸をなでおろす私。明日の寒波が一難を追いやってくれたのか。

明くる日、玄関を出るときお母さんに「今日寒いんだって。そんな格好じゃ寒いよ」と言われた。私は「平気だよー」と、それを「行ってきまーす」の代わりにして原宿に向かった。

原宿を行き交う人々はダウンジャケットやコートやマフラー。見るからに真冬の装い。そんな中、私は白と青のボーダーのロンT。明るいグレーのオーバーサイズのカーディガン。デニムのスリムパンツ。黒のローファー。見るからに薄着。

待ち合わせ場所にキャップをかぶった長身の坂上くんはいた。

坂上くんもまた見るからに薄着だった。

真っ白のスニーカーにデニムパンツ。無地のグレーのスウェットトレーナー。ラルフローレンのロゴがワンポイントで入っている爽やかなネイビーカラーのキャップ。前髪を入れてかぶっている。気取りがないアメリカ人のようなコーディネートに、春の晴れた日に感じる「なんかいい」みたいな気持ちが芽生えた。

キャップを脱ぐと前髪はぐしゃぐしゃなのかな。ぐしゃぐしゃを気にして、顔を左右に振るのかな。それとも手で前髪をぐしゃぐしゃっと擦《こす》って、髪の毛のクセを直そうとするのかな。もしかして、両方かな。顔を左右に振りながら手で前髪を擦るのかな。

「お待たせ」

「……おっ」

長身の坂上くんは私の接近に気づいていなかったようで、本当に驚いた様子だった。なんのために背が高いんだよ、と思ったりしてみた。

「お前、ちゃんと昨日の格好じゃん。本当に私服うまいよな」

「『私服うまい』ってなに？」

変な表現に当然笑ってしまった。

「私服うまいじゃん。オレ、普通だから恥ずかしいよ」

「え、すんごくいいよ。でも寒くない？」

私は坂上くんのグレーのスウェットトレーナーをつまみながら言った。

「お前だって寒いだろ？」

坂上くんも私のグレーのカーディガンをつまみながら言った。

「だって昨日の格好でって言ったから。あれ？　服の色合いグレーとデニムで一緒じゃん。昨日、私のこと見かけたんでしょ？　だったら色合い変えるでしょ、普通」

「いや、オレ私服このパターンしか持ってないから。あと今日寒いけど、アウターが中三のときから着てるやつだからダサいんだよ。普段は普通に着てるけど、お前と原宿ってなると着れないよ」

正直に打ち明けてくる坂上くん。

耳がくすぐったかったのは「お前と原宿」というワードのせいだ。

お互いに服をつまみあっていて、ハタから見たら「なんか変」と思われそう。

「ね、ワイヤレスイヤホンどこに売ってるかわかる？」

「売ってそうな雑貨屋、いくつか知ってるよ」

「詳しいんだね、原宿」

「いや、昨日、井上と下見したんだよ。そのときにお前を見つけたんだよ。で、井上は今日、半田さんと渋谷に行くから、昨日渋谷の下見もしたんだよ。お互いに下見をしあった。原宿と渋谷。笑えるだろ？」

全部を馬鹿正直に言った坂上くん。すごく好き、すごく好きな感じ。

「笑えるね」

「あのさー」

「なに？」

「オレもさ、お前と同じイヤホン買っていい？」

坂上くんはキャップを脱ぎながら言った。前髪は大して崩れていなかった。でも顔を左右に振って前髪を揺らした。耳たぶは揺れたのかな。

「別にいいよ」

私は坂上くんの真っ白のスニーカーを見ながら返事をした。そして心の中で「四つ葉のクローバー見つけた」と言った。

「よかった。じゃ、在庫が二個ないとダメだな」

「まさかそれも下見済み？」

「それはマジでしてない」

笑った私たち。

「ねぇ、今日そんなに寒くないよね？」

「おぉ」

寒い原宿で薄着な私たちは本当に寒くないのです。

これが今日のベストコーデ。

杖を持つ人がいないと杖は立たない

「正義とはなんだろね」

地面に手をついたままの状態でおばあさんが言った。

葵《あおい》と付き合ってから、まもなく一年が経つ。高二の夏前、僕は葵に気持ちを伝えた。

「付き合ってください」

葵の返事は想定外だった。

「なんでそう思ったの？　それによって返事を考える」

僕は、生きてきた中で一番、頭を回転させた。高校受験のときよりも脳みそを絞った。

しかし都合のいい言葉が見つからず、馬鹿正直に答える手段を選んだ。

高一で初めて葵を見かけた瞬間は覚えていないこと。廊下で何度か見かけるようになってもまだ〈別クラスのとある女子〉だったこと。その年の夏休み、葵が野球部の奴と駅前で手をつないで歩いている姿を見かけたこと。そのときもまだ〈別クラスのとある女子〉だったこと。その夜、葵と手をつなぐ夢を見たこと。それによって、〈別クラスのとある女子〉が〈僕の脳内を埋める別クラスのとある女子〉に変わったこと。でもこれは一過性のモノだと、気持ちを封じ込めていたこと。廊下で葵と野球部の奴が立ち話をしている姿を見るたびに胸が痛んだこと。

高二になり、葵が〈僕の脳内を埋める別クラスのとある女子〉から〈僕の脳内をますます埋める同じクラスの女子〉に変わったこと。ある時期から、廊下で野球部の奴と葵が話す姿を見かけなくなったこと。野球部の奴が別の女子と一緒に帰っているところを見かけたとき、気持ちが晴れやかになったこと。葵に気持ちを伝えたいけれど、話したこともない男にそんなことをされたら気持ち悪がられるんじゃないかと思ったこと。

でも「ちょっといいかな?」と呼び出した時点で、〈話したことがある男〉に成り上がれること。ここまでの説明は、自分が葵と付き合いたいと思った理由ではなく、葵に気持ちを伝える経緯を言ってしまっているということ。

「以上です」

こうして僕は締めくくった。

「なるほどね。いいよ。じゃ付き合おう。でもクラスのみんなに内緒だからね」

こうして僕と葵は付き合い始めた。

その日の帰り道、手をつないだ。頭のネジが大量に外れたのか僕は何度も「大好き」と言った。そのたびに葵は「ありがとう」としか言わなかった。きっと「私も」が聞きたくて、何度も伝えたのかもしれない。

夏休み、二人っきりで何回も出かけた。駅前で手をつないで歩いたりもした。僕は葵の記憶を塗り替えるつもりだったが、葵はどこか遠くを見ているようだった。いや、僕がそう思っていただけかもしれない。葵といると、ずっと暖簾《のれん》に腕押しの感覚だった。辞書で〈暖簾に腕押し〉を調べる始末。当然、言葉の意味が分かっても、なんの意味もなかった。

僕らが学校で話すことはなかったので、クラスのみんなに付き合っていることが知られることはなかった。

冬、体育の時間。体育館の半分で男子はフットサル、女子はバドミントンをしていた。急に女子側が騒がしくなった。原因は葵だった。葵が足首を押さえて倒れていた。何も考えず僕は葵のもとに走った。女子をかき分けて走ってしまった。

「大丈夫か？」

「大丈夫、ありがとう」

この出来事をきっかけに、僕らが付き合っていることはクラスのみんなに知られた。

軽い捻挫だった葵はその日、「一緒に帰ろうね」と言ってくれた。手をつなぐのではなく、肩を貸しながら帰った。

「大げさだろ、歩けるくせに」

「へへへ」

葵がこんな笑い方をしたのは初めてだった。肩を貸していたはずが、いつの間にか、肩を組んだ状態になって歩いていた。

「これパッと見、ただの親友だろ」

「私、結城《ゆうき》くんのこと好きだよ」

「お、ありがとう」

初めて、葵に直接的な言葉をかけられて僕は歩幅が狂いそうになった。このまま転倒して、二人して怪我《けが》しても構わないと思った。

この日を境に、葵は変わった。

学校でも一緒に過ごすようになった。甘い言葉を僕に何度も言ってくれるようになった。嬉《うれ》しかったはずが、甘い言葉をかけてくる葵は、葵ではないと思うようになってしまった。付き合い始めてから半年間ほどは、葵に対して暖簾に腕押しの状態だった。葵は、そういう人物だったのだ。しかし、暖簾ではなく、しっかりとした壁に手をつく状態になったのだ。暖簾は昇華して壁になったのだ。喜ばしいはずの変化が、僕にはもどかしかった。葵と話していても、葵と話している気にならなかった。

高三に上がり、クラスは別々になった。僕は安堵《あんど》した。葵は「クラス別々になって、残念だったね」と甘えてきたが、それが葵の発言とは思えず、僕は「うん」としか言えなかった。

　僕の胸の内は、自分に正直になり始めていた。

　捻挫をする前の葵が、理想の葵だった。今の甘い葵は、理想の葵ではない。この思考はあまりにも自分勝手。自分から葵に近づき、遠くにいた葵を無理矢理近づけて、その結果、近づいてくるようになった葵に嫌気がさしている。この愚かな思考に馬鹿正直に動くことはしなかった。今のこの葵を、受け入れられる日が来ることを待つべきだと思った。でも、こんな中途半端な気持ちで葵と付き合っていくこともまた、愚かな行為にも幾分思えた。

　自分の気持ちを隠して葵と付き合い続けるのか。自分の気持ちに馬鹿正直に従い、付き合うことをやめるのか。

　正義を貫くのは、どちらの道に進むことなのだろうか。

　僕には答えがわからなかった。葵に「一緒に帰ろう」と誘われたが、「ごめん、今日は一人で帰るわ」と断った。正義について、黙々と考えながら帰った。一人で。

　交差点の歩行者信号が青だった。走れば間に合うが、トボトボと歩いた。そして、赤信号になり、立ち止まった。この信号を守ることは正義だ。これはとても簡単な正義だ。

　僕の横には杖《つえ》をついたおばあさんが立っていた。このおばあさんもまた信号を守るという正義を貫いている。しかし、赤信号を渡ってしまうと自分の身に危険が及ぶから、立ち止まっているだけのことかもしれない。つまり自分を守るという正義。正義について深く考え込み、聞き慣れた交差点の喧騒《けんそう》は、もはや無音と化していた。

突然、サイレンの音が鳴り響いた。僕の体はびくっと反応した。違反車を見つけたパトカーがサイレンを鳴らして、速度を上げたのだ。

隣が動いた気配がした。目をやると、おばあさんが尻をついて倒れていた。その横にはおばあさんが手にしていた杖も倒れていた。

おばあさんは杖のおかげで立たせてもらっていると思っているかもしれないが、杖もまたおばあさんに立たせてもらっていることに、ふと気がついた。

無駄な思考を振り払い、すぐに手を差し出した。

「大丈夫ですか？」

「ありがとう。驚いて、腰抜かしちゃった」

「サイレン、ビックリしましたね」

「正義とはなんだろね」

地面に手をついたままの状態でおばあさんが言った。そして、僕の手をつかみ、「よいしょっ」と力を入れて、立ち上がった。僕は杖を拾って、おばあさんに持たせた。

「ありがとね」

「あのー、さっき言ってた、正義ってどういうことですか？」

「いやー、パトカーは悪いことをした人を捕まえようとサイレンを鳴らしたんだろうけど、あたしはその音に驚いて、尻もちついちゃったんだよ。まったくもう」

「あのー、おばあさんにとって、正義とはなんだと思いますか？」

「そんなのわからんよ。でも、正義を貫くうえで、誰かを傷つけているようでは、それは正義ではないね。それにしてもあたしは、正義を貫くパトカーに苦言を呈して、嫌なババアになったものだよ。足腰も悪くなるし、口も悪くなる。老いも、人間としての正義だろうね」

「はぁ」

信号が青に変わると、おばあさんは「ありがとね」と言って、横断歩道をゆっくりと歩き出した。

おばあさんが考える正義については、理解しきれなかった。でも唯一、おばあさんが言った、「正義を貫くうえで、誰かを傷つけているようでは、それは正義ではないね」の声が耳に残った。おばあさんが横断歩道を渡りきると、信号が点滅した。

なぜ、僕は今、おばあさんと一緒に横断歩道を渡らなかったのだろう。これまた正義か？　いや、なんの正義だ。「お前、考えすぎだよ。もうしばらく葵と付き合えよ……うん、わかった」。僕は自問自答した。

キスヒーロー

《年上の彼と付き合っています》

　年上の彼は余裕がある。

「映画館、昼前とはいえ、土曜日だからやっぱり混んでますね。チケット売り切れてますかね？」

「ネットで予約してチケット取ってるから大丈夫だよ。勝手に席の場所決めちゃったけど。ごめんな」

　さすが年上の彼。用意周到。デートに慣れているのかな。

「ううん。いいですよ、どこでも。ありがとうございます。お金は？」

「いらないよ、そんなの」

　私は大学一年。彼は大学三年。テニスサークルの先輩。憧れだった年上の恋人。

彼は他の先輩たちと比べて、笑い声が控えめで、自分の話をほとんどしない。学部が同じと知って、色々と質問をしたりして、仲良くなった。そして恋人になった。

チケットカウンターで並んでいる人たちを横目に、機械にスマホをかざして発券。

「ポップコーン、二人で一つでいいよね？　飲み物はそれぞれで」

「はい」

お菓子をたくさん食べない感じが年上の雰囲気。

二人で少しだけ並んで、ポップコーンとそれぞれのドリンクを注文する。私はSサイズのホットティー。彼は並んでいる間に随分と悩んでLサイズのアイスティー。

店員さんがレジ横にポップコーンと飲み物を持ってきた。

「……でかっ」

とっさに声を出した彼から幼い香りがして、なんだか安らいだ。

私が財布を出そうとすると、彼の手が胸の前まで伸びてきた。

「おれが出すから。そのためにバイトしてるんだし」

嫌みのない彼。やっぱり年上。胸の前にあった彼の手がゆっくりと離れた。

私と同い年くらいのレジの女性店員が、さりげなく何度も彼を見ている。

短髪で日に焼けた彼のことが気になるのかな。

その視線、さりげなくのつもり？　さりげある。

その視線を感じているのか感じていないのか、彼は全く店員を見ない。やっぱり年上。

こんな女の色仕掛け、彼にとったら無色仕掛け。

〈スクリーン7〉に入り、最後列の真ん中に座る。

私が以前から見たがっていた洋画〈キスヒーロー〉。人気コミックの実写化でラブコメディ。女性とキスをすることで変身するヒーロー。悪者が現れるたびに女性を口説きキスをする。そしてヒーローに変身して、敵を倒す。端整な顔立ちのおかげで簡単に女性とキスができる。そんなヒーローが花屋の店員に恋に落ちる。しかし全く相手にされない。そのせいで女性の扱いに戸惑い始める。悪者が現れても花屋の店員で頭がいっぱいになり、女性をうまく口説けずキスができない。変身ができない。悪者に侵食され始めた街を救うべく、いざ、花屋の店員を口説く。

ストーリーはいかにもコメディだが、最後はしっかりと涙する映画。

エンドロールが流れ始めて、彼に目をやると、スクリーンを一心に見つめている。

エンドロールを最後まで楽しむ男。まさに年上。

館内が明るくなる。

「おもしろかったー。ふざけた映画だと思ったら、ラストは感動できた」

彼も映画に満足。

「よかったです。映画のチケット、ありがとうございます」

「とんでもない。……混雑してるし、最後に出よっか？」

彼の提案にうなずく年下の私。どこまでもついていきます。

スマホを確認すると、大学の友達からラインが届いている。

「おれも返信したいな」

「うん、いいですよ。私も返信しますね」

彼もスマホを取り出し、画面をタッチしている。

友達と何度かやり取りをして顔を上げると、もう誰もいない。

彼と私だけ。

真横を向いて、彼に声をかける。

「私たちも出ます？」

「……おれも返信しようかな」

「さっき返信してたんじゃないんですか？　今しちゃえば？」

「いや、あとでいいよ」

誰からのラインかは知らないけど、返信が遅くなっても気にしないところが大人の男って感じがする。

「じゃ行きますか？」

「……うん」

立ち上がった彼が大きく伸びをした。そしてアイスティーを飲み干した。

私も真似をして伸びをした。

このあとはどこに行こうかな。

年上の彼に任せよう。

《年下の彼女と付き合っています》

初めて彼女ができました。

大学のテニスサークルの後輩です。

その子と学部が同じで、色々と質問をされて、先輩として普通に答えていました。よく質問をしてくる子でした。いらなくなった僕の教科書もあげました。

それは、ある日の朝でした。偶然、正門で会って一緒に校舎まで歩きました。

すると突然、「彼女いるんですか？　いないんだったら、私と付き合ってください」と言われました。

めでたく、初めて彼女ができました。

僕は三年。彼女は一年。

なんと、その週末、土曜日の練習が休みになりました。だからデートすることになりました。サークル帰りに二人でお茶をしたことは何度かありますが、丸一日のデートは初めてです。話し合いの結果、映画デートに決定。彼女が見たがっていた〈キスヒーロー〉という洋画。よく知りませんが原作は人気コミックらしいです。

人生初の映画デート。

事前調査が必要です。

前日の金曜日のサークル終わり、夜から一人で映画館に行きました。

意外にも〈キスヒーロー〉のチケットは完売でした。

これは予約が必要です。そもそも予約はできるのでしょうか？

「すみません。明日午前十一時からの〈キスヒーロー〉を見たいのですが、チケットは予約できますか？」

女性のスタッフさんに声をかけました。

「はい。できますよ。ネットで」

「すみません。やり方がわからなくて……」

そう言うと、スタッフさんは僕のスマホを見ながら丁寧に教えてくれました。

「このまま進めば予約できますので。当日にスマホのQRコードでタッチすれば発券できます」

心の底からのお礼を伝えて頭を下げました。

その場でスマホの画面に従って予約を取りました。

座席指定もできることに驚きました。

もちろん最後列。なぜならば……。

実は〈キスヒーロー〉を見ると決まってから、彼女とキスをすると決心していました。タイミングは映画終わりに誰もいなくなってから。薄暗い中でのキス。必ずゴールを決めます。

もちろん今日は映画を見ませんが、館内の事前調査は続きます。フードに関してです。ポップコーンのドリンクセットが定番でしょうか？　とりあえず、注文。そして驚きました。ポップコーンが馬鹿みたいに大きいです。これなら二人で一つでいいでしょう。キスに備えて口は潤しておきたい。今注文したMサイズのアイスティーだと飲み切ってしまうかもしれない。ドリンクはLサイズにしときましょう。

準備万端整いました。明日に備えましょう。

「映画館、昼前とはいえ、土曜日だからやっぱり混んでますね。チケット売り切れてますかね？」

彼女が焦っています。ご安心を。

「ネットで予約してチケット取ってるから大丈夫だよ。勝手に席の場所決めちゃったけど。ごめんな」

最後列。一番キスがしやすい場所。多分。

「ううん。いいですよ、どこでも。ありがとうございます。お金は?」

「いらないよ、そんなの」

映画代金は二人で三千円。牛丼屋のバイトの時給が千円。三時間分です。キスができるなら安いものです。

フードカウンターで少しだけ並びました。これくらいなら問題ないでしょう。何を話したらいいかわかりませんので、メニュー表を見て、飲み物を悩んでいる素振りをしました。

「ポップコーンセットで飲み物がホットティーSサイズで」

彼女が店員さんに言いました。

「僕は単品でアイスティーLサイズで」

店員さんがレジ横にポップコーンセットとアイスティーLサイズを持ってきました。

「……でかっ」

でかっ! S、M、Lの階段がおかしい! 一段ずつサイズが大きくなるわけではなく、急に五段飛ばしくらいのアメリカンサイズに!? とっさに声を発してしまいました。なんかダサかったかもしれないです。咳払《せきばら》いでもして、ごまかそうかと迷っていると別の問題が発生！　彼女が財布を出そうとしています！　お金を払うのは年上の我輩《わがはい》が！　彼女を制止します！

　手を伸ばして「財布は出さなくていいよ」のボディランゲージ。

　しかし！　手を伸ばしすぎました。彼女の胸を触ろうとしていると勘違いされそう。いや、これはむしろ揉《も》もうとしていると思われそう！　瞬時に手を引いたらそれはそれで怪しい！　ひとまず、このまま。何か言わなきゃ。

「おれが出すから。そのためにバイトしてるんだし」

　彼女が財布を出そうとする手を戻しました。それに便乗して僕はゆっくりと手を引きました。

「ポップコーンセット七百円、単品アイスティーLサイズ五百円、お会計千二百円です」

　牛丼屋のバイト一時間十二分の稼ぎが失われました。キスができるなら安いものです。

……ん？　これはひょっとして、ポップコーンセットの飲み物をアイスティーLサイズにして、彼女のSサイズのホットティーを単品で注文した方が安く済んだのでは⁉

　ぐやじぃぃぃー！

　いや、これは店員さんが指摘するべきでしょ！

……え――――！　今、気づいたんですけど店員さん、昨日、親切丁寧に教えてくれたスタッフさんじゃないですか！

なんかこういうのは気まずいです。なんか非常に気まずいです。うつむき加減で顔を見られないようにします。でもこの人、すでに気づいていそう。まぁ気にしない、気にしない。値段も気にしない。この店員さんは親切だから、うっかりミスに違いありません。何食わぬ顔でポップコーンやらを受け取り、〈スクリーン7〉へ。ラッキーセブン！縁起がいいです。

そして最後列の真ん中に着座。

ここが僕らのファーストキスの場所になります。

ここが僕のファーストキスの場所になります。

映画が始まっても、内容が頭に入ってきません。

女性とキスをすればヒーローに変身できるという大まかなストーリーはわかりましたが、細かいストーリーがつかめません。そもそもキスをしないと変身できないってヘンテコな話です。

二時間はあっという間でした。

気づけばエンドロールです。ヤバいです。彼女に感想を問われそうです。エンドロールに何かヒントはあるか!? いやいや、あるわけがありません。

横目で斜め前の人を見ると、泣いています。なるほど。ヘンテコなストーリーと見せかけて、最後に泣かせるのですね。

エンドロールが終わりました。

「おもしろかったー。ふざけた映画だと思ったら、ラストは感動できた」

「よかったです。映画のチケット、ありがとうございます」

「とんでもない」

いよいよキスです。

ん？　いつの間にか館内が明るいです。そうか。映画が終われば照明はついてしまうのですね。さすがにこの状況でキスをしたら見られてしまいます？

「混雑してるし、最後に出よっか？」

彼女がうなずきました。

キスをするきっかけがわかりません。全員がいなくなってから？　それまで待ちますか。でもその前に何か伝えておいた方がいいのでしょうか？

キスをする環境ばかりを万全にして、肝心のきっかけを決めていませんでした。

「キスしていい？」と質問するのは変な気がします。直球すぎます。もっと遠回しに伝えるべきです。

そうだ！　映画に関連させよう。

彼女はスマホを見ています。ここで不意にキスへの言葉をかければ胸キュンでしょう！

「おれも変身したいな」

どうだ！　決まったか⁉　胸キュンか⁉　わかりますよね⁉　僕はキスヒーロー！　変身するには何が必要かな⁉　そう！　キス！

「うん、いいですよ。私も返信しますね」

違う――――！　その返信じゃなくて！　変身ですよ！

まぁラインを見ていたから仕方がないでしょう。冷静に柔軟に対応しましょう。

スマホを取り出して、適当に画面をタッチします。誰からもラインは来ていません。

でも彼女がラインを終えるまでなんとなくタッチを繰り返します。

他のお客さんたちはどんどん出ていきます。意外に、みなさん去るの早いですね。

いやいや、そんなことはどうでもいいのです。館内が僕らだけになったところで、キスをします。必ずゴールを決めます。

全員が出ていきました。

彼女がスマホをカバンに入れました。そしてこちらを向きました。

大チャンスです！

僕も首を真横に振れば、彼女と向かい合えます。

「私たちも出ます？」

まだ出ませんよ！　キスをしてからですよ！

突然しちゃいますか⁉　いや、やはりそれはダメです。やはりジャブを打ちましょう。

もうラインはしていないから、わかりますよね？

「……おれも変身しようかな」

変身するためには何が必要⁉　そう！　キス！　だって僕はキスヒーロー！

「さっき返信してたんじゃないんですか？　今しちゃえば？」

ぬぉ――――――――！！！！

なんで伝わらないのですか⁉

もうどうすることもできません。

キスは諦めます。

「いや、あとでいいよ」

誰からも連絡はありませんでしたけどね。

「じゃ行きますか？」

あー、キスしたかったです……。

僕はキスヒーローになれませんでした。

「……うん」

立ち上がって大きく伸びをしたら気持ちよかったです。ずっと力んでいたのかもしれません。

それにしてもこのあと、どこに行けばよいのでしょうか。まだ昼の一時です。ノープランです。ヤバいです。年上の僕が決めないとダメですよね……。

膀胱《ぼうこう》もパンパンです。Ｌサイズのアイスティーは残り一口。キスはできませんが、飲み干しました。口は無駄に潤っています。

彼女も僕と同じように伸びをしました。

年上は大変です。

《今日もアルバイト》

あー、だる。今日もバイト。

私は映画をたくさん見て勉強できると思ってこのバイトを選んだのに。レジ打ち、入場案内、清掃などなど。全く映画が見られない。

〈スクリーン7〉の〈キスヒーロー〉が終わった。客がぞろぞろと出てくる。

「ありがとうございましたー。ゴミや食べ残し、飲み残しはこちらにどうぞー」

ポップコーン平気で残すな。全部食え。

笑顔は保って、内心で悪態をつく。

私はまだ〈キスヒーロー〉を見ていない。ネタバレが耳に入ってこないように、ひたすらに、「ありがとうございましたー。ゴミや食べ残し、飲み残しはこちらにどうぞー」を繰り返す。

これで客は全員帰ったか？

ここからは座席の清掃。うそみたいにゴミを置いていく客は山ほどいる。マナーくらい守れ。

ゴミ袋を持って、〈スクリーン7〉に入る。

あっ、客、まだいた。早く出ていけ。

あっ、キスした。しかも女から。度胸あるな。

あっ、あの男、昨日も来てたやつ。絶対に下見だった。

やっぱり、ポップコーン買ってたの、アイツだったな。セット割、損させてごめんね。

でもあれが私のストレス発散法。

なんかわかんないけど、おめでとうって感じ。

あー、早く映画に出たいな。

父さん、母さんには内緒だよ

「父さん。おれ、彼女ができたんだ。告白したら、うんって言ってくれたんだ。おれ、絶対、この彼女と結婚するよ。初デートはあの喫茶店にしようと思ってる。とりあえずこのことは、母さんには内緒にしておくから」

息子の声はいつの間にか大人になっていた。それでも隠しきれない幼さに、高校一年のくせにこの野郎、と口元がゆるんでしまった。


「行ってきまーす」

セーラー服をものの五秒で身にまとい、私は家を飛び出した。寝坊をしたわけではない。時間通り起きても、いつも気がつけば出発時間を過ぎている。学校までは歩いて二十分。この時間に出た場合は、最初の五分だけを小走りすれば、ゆとりをもって登校できる。

「遠藤《えんどう》さん、遠藤さん」

後ろで誰かが私の名前を呼んでいる。聞き覚えがある声。確か……、と考えながら振り向く。顔が見える直前でわかった。予想的中、同じクラスの樹下《きのした》くんだった。

「おはよー、どうしたの？」

「あのさ、こんなこと言っていいのかわかんないけどさ」

「どうしたの？」

「いや、その、オレ、本当に、自分なりに考えて、結構勇気出して言うんだけど。そもそも朝からごめんなんだけど」

「え？　どうしたの？」

しどろもどろの樹下くんは何度も頭をかいた。私はひそかに、彼から青春じみたモノを感じた。この照れたたたずまいと、勢いのまま私に声をかけてきた様子と、不安な顔が、あまりにも爽やかだった。

「あのさー……」

「どうしたの？　言いなよ」

助け舟のつもり。一方で、もし色恋沙汰だった場合、返事の仕方がわからなかった。

「あのさ、遠藤さんのスカートが、なんか、後ろ、折れて少しめくれているよ」

「え⁉」

光よりも速いスピードで確認すると、折れてめくれたスカートが目にとまった。さらに、太ももの裏が見え隠れしそうになっていた。私はハエをしとめられるほどの速さで、スカートを手で叩《たた》き直した。

「オレ、別に見てたわけじゃないから！　後ろにいて、前に遠藤さんが見えて、目がとまった、というか。別に言わなくてもよかったのかもしれないけど、こういうのって、いつからこうなってたの？って思って、その時間があまりにも未知だと恐ろしく恥ずかしくなるでしょ？　だから、勇気を振り絞って伝えたんだ。あのさ、もしこれで遠藤さんがオレのことを、変態！って思ったら、それはそれで仕方がないよ。そもそもオレたちって同じクラスだけど、そんなに話したことないのに、こんなことで話しかけていいのか？とは思った。でも、言い方をかえると……」

「もういい、もういい！　こんなとこで立ち止まってたら学校遅れるよ！　走ろ！」

ゆっくりな速度でまくし立てる樹下くんを制御し、横並びで小走りをした。

私の感情は無茶苦茶だった。スカートが少しだけ折れてめくれていた。この事実だけなら、さほど恥ずかしくない。ただ、色恋沙汰か？と勘違いしていた恥ずかしさで胸の中をかきむしりたくなった。しかし、ごたくを並べているようで気づかいにあふれた樹下くんの語りを聞いていると、胸の中はろ過されていった。そのまま清々《すがすが》しい気持ちになれたはずが、さらに続きそうになっていた樹下くんの語りに、次第に、彼をここまで追い詰めてしまった罪悪感が芽生え、またその原因を探ると、私のスカートが折れてめくれていたことが根本にあった。

この全ての考えを樹下くんに打ち明けたくなり、息を大きく吸って話し始めようとした刹那、私が彼の二の舞いになってしまうことに気がついた。私と横並びで小走りをしている樹下くんを見ると、気のせいか、まだ不安そうな顔をしていた。きっとこれは彼の語りを私が途中で止めてしまったせいか。いや、きっと、私にスカートのことを言ったことが正しかったのかと葛藤しているのだろう。それは私が最も重要な言葉を彼に言っていないからであった。

「あ、樹下くん」

「ん？」

「ありがとう」

「え？」

「スカートのこと教えてくれて、ありがとう」

途端、樹下くんの顔が晴れやかになった。

この出来事を境に、樹下くんとよく話すようになった。一緒に登校するようにもなった。約束したわけではなく、自然と出くわすのだ。そして、いつの間にか毎朝、待ち合わせをするようになっていた。ある朝、樹下くんは開口一番、こう言った。

「あのさ、こんなこと言っていいのかわかんないけどさ」

わずかに香る青春の空気。浮かれそうになる私にブレーキをかけたのは、聞き覚えがあるしゃべりだし。この前触れ。瞬時に私はスカートの事件を思い出し、すぐに確認するも、スカートはひらひらと穏やかに揺れていた。

「オレとさ、付き合ってくれないかな?」

相変わらず人通りが少ないこの道は、夜景が見える展望台よりロマンチックに違いない。

「うん」

恋人関係になっても、変わらず毎朝一緒に登校して、大きな変化はなかった。

高三の冬、登校中、手が冷たいという理由で初めて手をつないだ。大きな変化。そして私たちは別々の大学に進んだ。寂しかった。樹下くんの提案で、それぞれの家の中間くらいにある喫茶店でアルバイトの面接を受けた。見事二人とも採用された。バイト中は「樹下くん」と「遠藤さん」、二人っきりになると「ヒロくん」と「カナちゃん」と呼びあった。一度だけ間違えて、店内で「ヒロくん」と呼んでしまった。そして、顔を真っ赤にしたのは、私でもなく、ヒロくんでもなく、店長だった。店長は私たちの関係には気がついていなかった。でも「付き合って欲しい二人」とは思っていたらしい。四年間、その喫茶店でアルバイトを続けた。最後のアルバイトの日、店長が「寂しい」と泣いた。ヒロくんはもっと泣いた。私は「お客さんとして来ますから」と笑った。社会人になると、会える回数が極端に減った。寂しさを感じる以前に、忙しかった。二人とも。

社会人になって二年目の春。朝、家を出るとヒロくんがいた。

「どうしたの？」

「最近、全然会えてないからさ」

そしてヒロくんがしびれを切らしたように続けた。

「あのさ、こんなこと言っていいのかわかんないけどさ」

大一番のときの彼のしゃべりだしは決まってコレということは、すでにわかっていた。

「これだけ会えないんだったらさ、結婚とか、しちゃってもいいのかなって」

この朝は、〈二人の最初の朝〉よりも恥ずかしくて、〈二人の始まりの朝〉よりもロマンチックだった。

「うん」

数年後、私たちは元気な男の子を授かった。

境目はわからなかったが、いつの間にかヒロくんのことを「パパ」と呼んでいた。私は変わらず「カナちゃん」と呼ばれたままだった。

小さな男の子はあっという間に小学六年生になった。ちょうどその頃、パパは私と二人っきりの食卓で言った。

「あのさ、こんなこと言っていいのかわかんないけどさ」

パパの大一番のしゃべりだし。この続きに待っている言葉は悲観的なモノに違いない。

そう思わせたのは、彼の涙と、それが朝ではなく、夜だったから。

「オレ、病気みたい」

この夜は、どの夜よりも恐ろしかった。

そしてパパは、息子が中学生になった春に死んだ。

パパはよく自慢気に言っていた。

「オレがこのタイミングでいなくなることで、きっと反抗期を防げるぞ」

どうでもよかった。息子に世界一の反抗期がおとずれてもいいから、パパには生きていて欲しかった。パパの予言通り、息子には反抗期が皆無だった。いつだって、私に優しかった。勉強も部活もがんばった。志望していた高校にも受かった。年頃にもかかわらず、毎朝、仏壇のパパの写真に向かってしゃべりかけていた。


男同士の会話を盗み聞きはしない。でもたまに通りすがりに聞こえてしまうときがある。

「父さん。おれ、彼女ができたんだ。告白したら、うんって言ってくれたんだ。おれ、絶対、この彼女と結婚するよ。初デートはあの喫茶店にしようと思ってる。とりあえずこのことは、母さんには内緒にしておくから」

息子の声はいつの間にか大人になっていた。それでも隠しきれない幼さに、高校一年のくせにこの野郎、と口元がゆるんでしまった。

理由な彼女

十二月が始まってすぐに、サヨに別れを告げられた。

サヨはいつだって理由を言う。

そもそも彼女を好きになったのは、明確に理由を言うから。


今年の夏、会社の同僚が開催したバーベキュー大会もどきに参加した。男女合わせ三十人ほど。居心地の悪さから飲み物を買うのを口実にコンビニに逃げた。

「私も行く」

少しだけ間抜けな声が聞こえてきた。それがサヨだった。

二人でコンビニに向かうと、残りの男女が「おぉ〜」と茶化してきた。

サヨと二人っきりになり「随分と積極的だね」と言うと、「居心地が悪いから抜け出したかった」と言われた。

コンビニで僕はオレンジジュースを一本、サヨは麦茶を一本買った。

「一緒に買うよ」

「いい、自分で買います」

「そっか」

レジは一台しか稼働しておらず、まずは僕がオレンジジュースを買った。

「お会計、百二十円になります。袋どうしますか？」

「あ、結構です」

百二十円ちょうど出した僕はレシートも断り、一歩横に移動すると、サヨがレジ台に麦茶を置いた。

「お会計、百十円です。袋どうしますか？」

「あ、このあとゴミ袋に使いたいので、お願いします」

「かしこまりました」

サヨもちょうど百十円を出す。

「百十円ちょうどですね。ありがとうございました。レシートは……？」

「こう見えて、家計簿つけてるんで、レシートお願いします」

レシートをほぼゴミ箱に向かわせていた店員は、ばつが悪そうに慌ててサヨに渡した。

理由をしっかりと言うサヨを、僕は好きになっていた。

帰り道に電話番号を聞き出し、数日後、待ち合わせ場所で「君が好きだ。僕と付き合ってくれるなら、これから食事に行こう。無理なら、一人で食事に行く」と言うと、「じゃ付き合う。バーベキュー大会で馴染《なじ》んでいないあなたを見て、信用できる人だと思って、淡い恋心が芽生えていました。一緒にコンビニに行って、自動ドアを通るとき、歩くスピードを緩めないために、先に手を差し出して、センサーに反応させて、自動ドアを開けている姿を見て、慎重な人だと思いました。そんな慎重なあなたが一度も食事をしていない私に告白をしてくれるだなんて、絶対に大丈夫に違いない。私の淡い恋心は花を咲かせました。だから付き合う」と理由を明確に伝えてくれた。

付き合い始めると、サヨに対する気持ちがどんどん大きくなっていった。

デートの場所を決めるときも。

「水族館に行きたいな。魚が見たいとかじゃなくて、水槽のガラスに手のひらをつけて、指紋をつけたいから」

「は？　なんだそれ」

「なんか、わかんないけど、水族館の水槽ってきれいなイメージがあるから、もしかしたら指紋がつきにくいガラスなのかなって」

「それを調べるために水族館に？」

「うん。ダメ？」

「いいけど」

理由をしっかりと言う。

定食屋さんに行ったときも。

「定食屋さんに来たの久しぶりかも。どの定食にしようかな」

「僕は煮魚定食を」

「私は……、昨日、会社の飲み会で食べた安い居酒屋さんの肉じゃががおいしくなかったから、その思い出を上書きしたいので肉じゃが定食でお願いします」

理由をしっかりと言う。

僕の家に初めて泊まりに来たときも。

「テレビつけていい？」

「もちろん。何か見たいのあるの？」

「いや、あのね。今からテレビをつけるのは、あなたが普段、どの音量でテレビを見ているかを調べるためなの。もし音が大きすぎたら、耳大丈夫？とも思うし、ご近所に迷惑だよとも思うし。音が小さすぎたら、変なもの見てたでしょ⁉とも思うし、聴覚すごくない？とも思うし」

理由をしっかりと言う。

こんなサヨが「別れたい」と言ってきて、「なんで?」と聞くと「わからない」と言う。

「別れたい、理由は?」

「わからない」

「いつだって、サヨは理由を言うじゃないか。なんで、別れたい理由がわからないんだ」

「ごめんなさい。わからない」

「そっか」

「今、わかったかも。理由」

「なに?」

「理由を言わなくてもわかりあえる二人になりたかったの。私をわかってもらえていないと思うから理由を言うの。あなたは私の理由を聞かないと私をわからないの。これは運命的な二人じゃないの」

こうして、僕らは別れた。

作られた笑顔

男たちは新人バイトの笑顔に夢中になった。

彼女は目を細めて、口は閉じたままで口角を上げる。それにより目尻と口角が近づく。

これが新人バイトの笑顔。

「新人バイトの子の笑顔が可愛《かわい》すぎるぅ」

「次のバイトの飲み会で絶対にあの子の隣に座って、あのスマイルを間近で見てやる」

「彼氏いるのかなー？　あの笑顔は誰かのモノ？」

「店長が定期的に開催する飲み会だるかったけど、今回ばかりはオレ、あの子に負けないくらいの可愛い笑顔になっちゃうよぅ」

一方、僕は無関心。

それは彼女の笑顔が作られたモノにしか見えなかったから。

飲み会の当日、男たちはさりげなく新人バイトの隣を奪いあった。

遠慮がちになかなか座らない彼女のせいで、男たちは座敷をウロウロ。

その滑稽な様子を眺めていたかったが、女性陣に見破られそう、かつ、自分もそれに属していると思われたくなかったから、適当な位置に座った。

結果、彼女の両隣は女性になり、男たちは誰も勝ち取ることができなかった。

二次会もあったが僕は「明日、大学早いんですみませーん」と参加せず、足早に去った。

安い居酒屋の飲み放題のコーラは甘さが強くて好まない。正真正銘のコーラを求めてコンビニに立ち寄った。

「あ、お疲れ様です」

振り向くと新人バイトだった。

「あれ？　二次会は？」

「お酒飲めないいし、私も明日大学だし行かなかったんです。口直しにアイスでも買おうかなって思ったら、……いたので声かけました。すみません」

「あっ、名前は平田《ひらた》」

「あっ、すみません」

彼女が目を細めて笑った。やはり作られた笑顔にしか見えない。

「大げさだけどさ、歓迎祝い？にアイスおごるよ」

「いいんですか？　ありがとうございます」

また目を細めた。

この笑顔に翻弄される男たちが理解できない。

僕にはわざとらしくて不快にすら感じた。

コンビニを出て、自然と同じ方向に進む。

僕はコーラ、彼女はチョコのモナカアイス。

飲む人間と食べる人間。

話題提供をする役目は、前者の人間のような気がした。

「そのモナカアイスって、たまにモナカがサクサクしてないときない？」

「あっ、ありますね。これはサクサクです。当たりです。ごちそうさまです。ありがとうございます。コーラ、好きなんですか？　モナカ、一列いります？」

箇条書きのような話し方の彼女が、また作られた笑顔を見せてきた。

「なんかコーラ飲みたくなって。モナカいらない。そういえば、さっきコンビニ前で背広のおじさんがしゃがんでコンビニ弁当食ってたの、見た？」

「あー、いましたね」

「若い人だったらわかるんだけど、大人でさ、たまにあんな人を見かけると、飯に興味ないんだろなーって思うんだよな。コンビニ弁当がおいしくないとかそんな話じゃなくて、せっかくだったら家で落ち着いて、ちゃんと座って食べたくない？」

「うーん、どうですかね。むしろあのおじさんって、ごはんに興味アリアリなんじゃないですか？　自分が一番食べたい瞬間に食べてるし、店で温めてもらって熱々で食べてますし。実際私たちも、コーラ飲んでるし、アイス食べてるし。こういうの、とてもおいしいじゃないですか。歩きながらなのに」

異論を唱えられた。意外だった。

作られた笑顔を見せる人は相手に同調する。僕はそんな固定観念にとらわれていたのかもしれない。

「明日、大学何時から？」

自ら取り上げた話題から逃げた。

「九時からです。大学何年生ですか？」

「二年」

「そうなんですね」

「何年？」

「……四年です」

「……え⁉　年上かい！　……すみません！」

彼女が笑った。目を大きく見開いて。歯を全て見せるように。

僕は新人バイトの本当の笑顔に夢中になった。

寝転ぶ影

「何もかもが嫌になるときない？」

「あるよ」

下校中、突拍子もない私の質問に晴輝が平然と答えた。

夕日に照らされて、横並びで歩く私たちの影は伸びていた。

「遥希はどんなときに何もかもが嫌になる？」

私の名前は〈はるき〉、晴輝の名前も〈はるき〉。高二のクラス替えで一緒になり、この事実を知ってすぐに仲良くなった。

「私はね、まさに今なの」

「なんで？」

「これのせい」

道路を挟んで向かいの敷地に存在している巨大マンションを指さした。

「マンション？」

「うん。この大量に窓がある感じ。嫌じゃない？」

「わかるよ」

「でしょ？　こんなにも自分と無関係の人がたくさんいて、それぞれにそれぞれがあって、そんなことを考えていたらなんか、頭がワーッってなる」

晴輝が笑った。

「じゃ、晴輝はどんなときに何もかもが嫌になる？」

「誰かと話していて、ツバを飛ばしたときとか」

「ツバ？」

「そう。学校とかでさ、友達としゃべってるときにツバが少し飛んじゃうときあるじゃん。すかさず『ごめん、ツバ出た！』とか言ったら笑えるんだけどさ、言うか言わないか一瞬迷うと案外、その一言が言えなくなるんだよ。お互いにツバのこと気にしあっているけど、相手はオレに気をつかって気づかないフリをしてくれていたり。そんなことがあると、その後もそれが気になってさ、なんか帰り道に、頭がワーッってなる」

「変なの」

私の一言に晴輝がまた笑った。

「オレさ、実は遥希と教室で初めて話したとき、少しだけツバ飛ばしちゃったんだよ」

「そうなの？　汚ねぇー。気づかなかったよ。仮に気づいていたとしても、そんなことはもう忘れてるよ」

「でも、帰り道、頭がワーッてならなかったんだ」

「へぇ」

「そのとき、遥希とは仲良くなれる気がしたんだ」

「友達の定義、変だね」

晴輝がアゴを突き出すように笑った。

「だからオレ、次の日から遥希にやたらと話しかけたんだよ」

「あー、言われてみれば」

巨大マンションの敷地内にある小さな公園で、遊んでいる子供たちの笑い声が響いた。遊具はすべり台のみ。

「子供の頃遊んでた公園に久しぶりに行くと、『小さっ！』って思うときあるよな」

「あるね」

私は何度もうなずきながら言った。

「この公園なら、あの子供たち、すでに『小さっ！』って思ってそうだよな」

「それ、おもしろいね」

「おもしろいな」

おもしろい、という五文字をラリーした気分になった。意味もなく「はるきとはるきがおもしろいをラリーした」と心の中で唱えた。

「オレの推測では、あの子供たちが大きくなって久しぶりにこの公園を見たとき、『小さい頃に住んでいたマンションの敷地内の公園、小さいとは思っていたけど、ここまで小さかったとは！』と思うんだろな」

「絶対そうだね。あ、じゃ、このマンションはどうなんだろ？　このマンションって私たちから見てもすごく大きいじゃん。この子供たちは大きくなった頃、どう思うんだろ。

『小さい』って思うのかなー」

「多分、大きさの概念ではないと思うんだよな」

「ん？」

「きっと、『昔住んでたマンション古くなったなー』って思うんじゃないかな」

「あー、なるほどね」

「なんかさ、勝手にさ、あの子供たちが大きくなった頃、このマンションから引っ越ししてるって決めつけてるのも、おもしろいな」

「おもしろいね」

再び「はるきとはるきがおもしろいをラリーした」と心の中で唱えた。

「オレたちがもっと大人になった頃、今のオレたちを思い出してどう思うんだろ」

「その頃、私たちってつながりあるのかな」

「多分それって、今にかかってるよな?」

晴輝が私を見た。

「オレ、遥希のこと好きだよ」

「私も、晴輝のこと好きだよ」

平然と答えた。そして、心の中で「はるきとはるきが好きだよをラリーした」と唱えた。

「なんだろ、オレ、これだけで十分なんだよな」

「私も」

「そうだろ? 学校ではさ、誰と誰が付き合ってるとかの噂《うわさ》は絶えないけど、なんか別に付き合うとかはよくわからなくて、お互いに気持ちを言い合える感じだけで、オレは、なんかすごいんだよ」

「私、今、本当に、トキメキないもん」

「オレもなんだよ。なんだろ、これ。全く緊張もしてない。でもなんか、すごいんだよ」

「さっきから言ってる、『すごい』って何?」

「わかんないけど、なんか、終わらない何かが始まったんだよ」

晴輝の気持ちを丸ごと理解できた気がした。

学校内にはいくつもの色恋沙汰があって、始まったり、終わったりを繰り返している。

それはただ浮ついているだけ。一方、私と晴輝には終わりがないのだ。始まったにもかかわらず終わりがないから、つまりそれは始まりではないのだ。広がり続ける宇宙なのだ。

「ワーッ！」

晴輝が空を見上げて、控えめに強い声を出した。

「どうしたの？」

「今、猛烈に恥ずかしくなってきた」

「なにそれ。話が違うじゃん」

「オレ、今、何もかもが嫌になってる」

「今⁉」

「うん。恥ずかしすぎる。恥ずかしすぎるせいで何もかもが嫌になってる」

晴輝が大げさに首を縦に振りながら言った。

「なんだろ、私も今、急に恥ずかしくなってきた」

顔がみるみる熱を持ち始めた。

「さっき『好きだよ』って言い合ったのとかヤバすぎるよな？　恥ずかしすぎるよな？」

「ちょっと、やめてよ。余計、恥ずかしくなるじゃん」

夕日は私たちの背中を照らし続けている。

横並びに伸びた二人の影。

ふくらはぎに風が当たるとスカートの影がゆらいだ。

「なんか私も恥ずかしすぎるゾーンに入ってる。なんか、頭がワーッってなりそう。何もかもが嫌になりそう」

「無茶苦茶なこと言っていい？」

「どうぞ」

「車に轢《ひ》かれないか」

「は!?」

大きすぎる私の声は、感情とつりあっていた。

「なんか恥ずかしすぎて、なんか嫌すぎて、リセットしたいじゃん。だから車に轢かれるんだよ」

「意味わかんない！　嫌だよ」

「当然、実際には轢かれないさ」

私は眉間にシワを寄せながら首をかしげた。

「オレたちの影を車に轢いてもらうんだよ」

「なにそれ？　意味あんの？」

「なんかわかんないけど、リセットされそうじゃない？」

「なんかわかんないけど、楽しそうだね」

同意すると晴輝が「こっち来て」と歩道の端に立った。

私が横に立つと、二人の影が車道に飛び出していた。

「ほら、アスファルトの上にうつ伏せで寝転がってるみたいだろ」

「そうかな？　私には仰向けに見える」

「どっちでもいいや」

「案外、よくないよ。これ重要な価値観だよ」

「確かに。でもそれは後回し。今は車に轢かれて恥ずかしさをリセットしよう。あ、車来た！」

遠くから白い車が走ってきた。

「よりによってワゴン車かー。デカいな」

妙に興奮している晴輝の隣で私は、自分の影が轢かれると、どんな感情に襲われるかを期待していた。痛くないことはわかっていても少しだけ覚悟が必要だった。

「来るぞ！　来る！」

晴輝が手をぎゅっと丸めた。

私も手をぎゅっと丸めた。

スピードを緩めることなく白い車は私たちの影を轢く。

「……へ？」

晴輝が間抜けな声を出した。

「……ふっ」

私は鼻で笑った。

轢かれるはずだった私たちの影は、轢かれることなく白いワゴン車の側面に現れたのだった。そして、車は一瞬で過ぎ去った。

再び車道には、二人の影が寝転んでいた。

「そりゃこうなるか」

晴輝が言った。

「なんで私、気づかなかったんだろ。なんで影が車に轢かれるって思ったんだろ」

「オレたち馬鹿だな」

「うん」

二人は、こみ上げてきた笑いを止めることなく大笑いした。

するとまた別の車が二人の影を轢く。

再び車の側面に現れた黒いシルエットたちは、手をつないでいた。

恋の教訓

「自分の心配しろよ」

え？　また言われた。


初めて恋人ができたのは大学二年のとき。相手は一つ下の新入生。昼休みはいつも一緒に食堂へ。食券を買う前に席取りのためにカバンだけを置き「ちゃんと財布持った？」、何を注文するか迷っている彼に「野菜も食べなきゃ」、食べる前に「手洗った？」、食事中に「最近、揚げ物ばっかりだから明日はダメだよ」、食後に「ちゃんと歯を磨くんだよ。じゃ、また放課後ね」、放課後に正門で待ち合わせをして彼が友達と遊びに行くと言うと「うん、楽しんできてね、夜遅くなりすぎないようにね。解散したら教えてね。じゃまた明日の昼休み食堂でね」と。

ずっとこんな感じ。

そして二か月後に言われた。

「自分の心配しろよ」

この言葉を優しさと捉え、彼をうっとりと見つめていた私は恋愛初心者だった。

「おれの心配ばっかりやめてくれよ。疲れるんだよ。たまには自分の心配しろって。ごめん。もう疲れた。別れてくれ」

これが私の恋愛の教訓となった。

大学四年になり、バイト先の同い年と付き合った。

教訓を生かす私。

デートでは「私の今日の服どう？　一緒にいて恥ずかしくない？」、美容室のあとは「髪切ったの。どう？　堂々と私の隣を歩ける？」、彼が飲み会のときは「楽しんできてね。解散してもわざわざ連絡しなくていいからね。私はきっと寝てるし。彼氏が飲み会に行ってるのに、こんな彼女でも大丈夫？」と。

ずっとこんな感じ。自分の心配をたくさんした。

そして半年後に言われた。

「自分の心配しろよ」

まさか？と呆然《ぼうぜん》とする私。

「お前はいつもおれを主体としてるんだよ。おれからどう見られてるとか。たまには自分主体になれよ。それなのに何回も何回も『こんな私の横を歩ける？』とか、変な心配ばっかりで。なんか、お前といて馬鹿みたいに笑ったことないんだよ。お前がずっとおれを主体にしてるから。ある程度、自分主体になれよ。もっと自分の心配をしろよ。おれはお前といることに疲れた。ごめん。別れよ」

自分の心配とは？　こんな単純なことがわからない。

どうせ振られるなら恋人なんていらないと決意した私。

独りで過ごす日々。たまに女友達と食事に行ったり、旅行したり。

こんな私が何年ぶりだろう。十年ぶり？　異性と二人っきりの食事。しかし緊張しない。

それもそのはず、相手は木ノ下《きのした》。

職場の四つ下の後輩。〈部下〉と言えるほど私は偉くない。〈後輩〉が適した表現。

「木ノ下が焼肉に誘ってくれるなんて珍しいね」

「山辺《やまべ》さんとは食事してみたかったんっすよ」

木ノ下が首を何度も前に突き出しながら言った。鳩《はと》かよ。

「どうせおごってもらおうと思ってるんでしょ？」

「まさか！　今日は僕がご馳走《ちそう》しますよ。牛タン、いい焼き加減ですね」

満面の笑みの木ノ下。技が成功した大道芸人かよ。

「いやいや、いいよ。私が払うから。今日は気にせず食べよう」

「いや、本当に僕が払います。誘ったのは僕なんで」

突然、真顔になる木ノ下。二重人格かよ。

「気にしなくていいからさ。あ！　その肉、私が焼いてたやつ」

「あ、すみません、まぁ、自然の摂理っすよ」

私が焼いていた肉を勝手に食べて「自然の摂理っすよ」って、猛烈にサブい奴だな。

「山辺さん、最近どうですか？」

なんだ、その質問。

「特になんもないけどさー。あっ、部長と木ノ下の同期の女の子が不倫してるって噂《うわさ》は耳に入ったよー」

「あーそれね。噂話なんてどうだっていいですよ」

「私も噂だけなんだけど、会社で話してる二人を見たことはないし、でも居酒屋で見たとか、朝の通勤の電車で寄り添ってるのを見たとかさー。そもそも部長って、家族いるし、家のローンあるし、大丈夫なのかな？　もし上層部に不倫してるってバレたら、多分、クビ切られるのは女の子だしさ。部長は減給？とかかな？　どうなんだろー。あの女の子のためを思うと絶対にやめておいた方がいい。顔もそこそこ可愛《かわい》いんだしさ、外でちゃんとした恋愛した方が絶対にいいと思うな。でもあの子、ちょっと化粧が濃いのよねー。あの口紅、絶対に薄い方がいいの。元々の顔が濃い子だからさ、それで化粧まで濃いと、濃い濃いなのよ。たまに、ケーキをブラックコーヒーじゃなくて、カフェオレと食べる人いるでしょ。甘甘のやつ。あれじゃ胸やけ決定。絶対に太るしね。甘甘の人を見かけると『やめときなさい』って言いたくなる。どうしてもケーキが食べたいならブラックコーヒーにするべきよね。どうしてもカフェオレが飲みたいのならケーキはやめて、チロルチョコ一個にするとか。あれ？　なんの話だっけ？　あっそうそう。あの子。顔と化粧が濃い濃いだから化粧は薄くした方がいいよって話か。木ノ下、あの子と同期なんだから、言っといてあげてよー」

「自分の心配してくださいよ」

え？　また言われた。

なんだっけこの言葉。

あっ。怖い。この言葉、怖い。

この言葉には別れの知らせが続くんだ。

いや、そもそも私は木ノ下と恋人関係ではない。だから問題なし。

「山辺さんって、いっつも誰かの心配してますよね？　それは優しいからだと思うんですけど。もっと自分の心配してくださいよー。でも山辺さんって、きっと他人の心配ばっかりしちゃうタイプなんでしょうね。じゃ自分の心配できないですねー。わかった！　山辺さんの心配は僕がします！　改めて言います、今後、山辺さんの心配を僕にさせてください。お願いします！」

手を差し出す木ノ下。

「え？」

「これ、告白っす」

トラウマの言葉が、愛の告白の始まりだと気づかなかった私は恋愛初心者。


「お弁当持ったー？」

「持ったよ」

「部活の着替えは？　さっき部屋の前に置きっぱなしだったよ」

「だから全部入れたって。おれガキじゃねぇーし」

「はいはーい、お母さんがわるぅございましたー」

「自分の心配しろよ」

え？　また言われた。

なんか嬉《うれ》しい。

〈女〉が〈喜ぶ〉と書いて嬉しい。

大雑把な過酷

私の首を溶かす意志がある陽射《ひざ》し。

陽射しというには爽やかすぎる。

首を浅く刺す熱の針。陽刺し。

砂が舞う。舞うというには日常すぎる。

空気よりも多い砂。シャワーヘッドから砂が出る。

日曜日の昼下がりに砂のシャワーを浴びる。

毛穴に入り込む砂が血管を埋めていく。

自分の肌を見る。肌の色がきれい。近くで見ると砂色。砂でできた皮膚。砂でできた自分。強風で跡形もなくなる。

「私、サハラマラソンに出るの」

出発の前日に恋人の瑛士《えいじ》に伝えた。

瑛士の目は点になっていた。あの黒目は砂何粒分だったのだろう。

世界一過酷なマラソン大会と言われているサハラマラソン。衣食住の荷物は全て自分で持ち、一週間ほどで約二百五十キロを走破する。

経験した者にしかわからない過酷さ。

この過酷さを言葉で伝えることはできない。

そんなことは嘘《うそ》。

言葉で伝えることができる。

言葉で伝えられないものは繊細なことだけ。

暑さ、渇き、風、砂、ここにある全てが大雑把。

大雑把な過酷。それが全て。


一年前、瑛士が浮気をした。

リビングで土下座をする瑛士が蛙《かえる》に見えた。

「間抜けな糞《くそ》野郎」

私が言い放った言葉に効力などなかった。

ただ許しを待つ瑛士が憎たらしかった。ただただバスをバス停で待つ人と変わらない。

涙は出なかった。

仕返す。

浮気をされたから私も浮気をする。

真っ先に浮かぶ、手前の思考。

手前の思考はすぐに消える。

奥にある感情は、浮気をされたから悲しかった、それだけのこと。

涙が出た。止まらなかった。

大雑把な悲しみ。大雑把な辛《つら》さ。

今、私は本物の辛さを味わっている。

同時に、これが本物の辛さ？と疑問を抱く。

本物の辛さとは、何か。

所詮、これはただの試練ではないだろうか。

ならば本物の辛さを味わい、比べてやる。

それがサハラマラソンだった。

「別に、普通の日本のフルマラソンでいいんじゃない？　浮気男のせいでサハラ砂漠って。お金も高いしさ。死ぬほどしんどいんじゃない？　せっかくの有休、私とグアムでも行こうよ」

唯一、相談した親友のアケミは言った。

「ダメ」

「そもそも、どういうことなの？　サハラマラソンを完走したら許すの？　別れるの？

浮気されたの一年も前だし」

「それはわからない。ただこの辛さが本物かどうかを知るために走る。本物の辛さなら、
別れることがより辛いかもしれない。だから別れない。本物の辛さではなかったら、浮気
なんて大したことなかったんだ！って鼻で笑えるかも」

「結局、別れないってことね。浮気男を好きになっちゃったんだね」

「別れたくない。だから自分のために、別れない口実が必要なの」

「ふーん。なんでそんなにその人が好きなの？」

「わからない。言葉では説明できないけど好きなの」

「ふーん」

アケミはおいしそうに生ハムを食べた。


渇きに襲われる。

空気の乾きが渇きを生む。

〈乾き〉は空気の乾き。

〈渇き〉は喉の渇き。水を欲する渇き。

大量の砂を袋に入れ、水分を絞り出す。かろうじて一滴の水が出る。それを大きく開けた口で待ち受ける。口に到達する直前に陽刺しで蒸発。そして絶望。

何度も幻覚を見た。

絶望する幻覚を見る意味がわからなかった。幻覚なら、せめて贅沢《ぜいたく》をさせて。いらないほどの水を飲ませて。幻覚なんだから。

瑛士の浮気を知ったとき、知らない女を抱きしめる瑛士を何度も想像した。せっかくなら浮気をしない瑛士を想像すればいいのに。

頭の中は自由で、都合のいいことだけを考えればいい。しかし人間というものはわざわざ負を想像する。それは我に返ったとき、現実世界の方がマシだと思わせるため。現実を受け止めるための防衛本能。現実と想像の対比。

浮気をされた辛さ、悲しみ。

サハラマラソンの辛さ、過酷さ。

私はこれらを対比している。

しかし、どちらも現実世界。想像の世界はない。

サハラマラソンの大雑把な過酷さにくわえ、浮気をされた大雑把な辛さ、悲しみが襲ってきた。

涙が出た。止まらなかった。

涙が頬を伝う。舌で涙を受け止める。身体から出た水分で自分を潤す。わずかな潤い。サハラ砂漠のド真ん中で瑛士に抱きしめられたい。きっと暑い。汗が出る。その汗を舐《な》めて自分を潤す。瑛士が私を潤してくれる。

負ではない想像。

現実世界より、想像世界が素敵。ならば、ずっと想像世界に居座ればいい。特定の異性を美化し、愛す。そもそも恋愛は想像世界のもの。どちらかが現実世界に戻れば終わる。それが恋愛。

「なんでそんなにその人が好きなの？」

アケミに説明できなかった。

瑛士を好きな理由は繊細で言葉にできない。

浮気をされたことは大雑把な過酷。

大雑把は繊細に負ける。

繊細は大雑把に勝つ。

完走まであと少し。

ゴールは目の前だ。

恋の非行行為

脳みそのド真ん中……ではなく、脳みそのフチぎりぎり頭蓋骨の内側寸前、そんな位置にへばりついている人がいる。

忘れたい人がいるなら、忘れてしまえばいい。

それが無理なら、思い出さなければいい。

それも無理なら、思い出すきっかけを排除すればいい。

でもそのきっかけがあちらこちらにある場合、排除はできない。

例えば電信柱。

電信柱なんてどれも似たようなもの。だからどの電信柱を見ても彼を思い出す。ツライわけではなく、イヤなわけでもなく、少しホッとする。でも胸がチクッとして、悲しくて、とはいえ二度と彼を思い出したくないわけではなく、「忘れたい」と願いながら「忘れたくない」が本心。

むしろこれは脳みその中心に彼がいるのでは？と自問自答してみた。でも脳みその中心よりさらに深いところにいるのだ。地球でいうところのマグマがある位置よりも深い位置、結局そこは地球の反対側。それは、脳みそのフチぎりぎり頭蓋骨の内側寸前。あぁ、わけわかんない。

私が住んでいたのはワンルームマンション、二階の角部屋。

二人で出かけたあと、彼はいつも私をマンションまで見送ってくれた。彼と手を振り合い「またね」とお別れをして、二階の角部屋に帰宅。そしてベランダに出て、路上で待ってくれている彼に再び手を振る。「またね」と今度こそ帰っていく彼。〈二度のバイバイ〉は恒例だった。

ある日の夜、ベランダに出て見下ろした路上に彼がいなかった。「あれ？」と思っていると、「よっ」と電信柱から顔を出した彼。あのときの彼の声はよく通り、私の真横にいるみたいだった。その日から、それも恒例となった。恒例行動が増えていくことは、思い出の数が増えるというロマンチックなことだった。

彼は私を笑わせることが好きだった。

風が強かったある日のこと、ベランダに干していた私のブラウスが飛ばされ、電信柱に引っかかっていた。その状況をユーモアたっぷりにたとえると、電信柱が私のブラウスを着ているようだった。すると彼は私の名前を呼びながら、電信柱に抱きついたのだ。

それを見ながら私は声を出して大笑い。

彼は私の笑っている姿が好きだったのかもしれない。または、誰かが笑っている姿を見るのが好きだったのかもしれない。

だからこそ彼にはたくさんの友達がいた。広い交友関係。彼と会えない日にはベランダに出て電信柱を眺めたりしていた。

一人で歩いていても、等間隔に並ぶ電信柱を見て安心していた。

たった一本どの電信柱を見ても、これらの甘い思い出たちがよみがえる。等間隔に並ぶ電信柱のせいで、等間隔に彼を思い出すのだ。

日本人は一日に何本の電信柱を見ているだろう。ほとんどの人が景色と化した電信柱に焦点を合わせることをしないだろう。だから視界に入っていたとしても「ゼロ本」と答えるかもしれない。

当の私は「百本以上」と答える。

よって、街を歩こうものなら脳内は彼でいっぱいになる。

ならば、いざ電信柱がない地へ。フランスのパリには電信柱がないらしい。パリで暮らそう。

当然、そんなことは実現不可能。

私は日本に居続ける。

彼は私の脳みそのフチぎりぎり頭蓋骨の内側寸前に居続ける。

お酒を飲んだ帰り道、彼に会いたい、と涙があふれて、助けを求めるように電信柱に寄りかかった。

お酒の力で、彼に寄りかかっている錯覚を引き起こそうとしても、電信柱の硬さと冷たさが現実に引き戻す。

彼との別れはありがちな理由。会えるタイミングが減って、すれ違って、どちらからともなく別れを切り出した。いっそのこと死別でもよかったと極端なことを考えてみたりして、バチが当たりそうな私は電信柱の下でうずくまった。

そんな頃に出会ったアナタ。

アナタはいつだって私と会おうとしてくれた。アナタは仕事以外の時間を全て私に費やしてくれた。でもアナタと過ごしていても、私は声を出して笑っていない。

彼は私をたくさん笑わせてくれた。

アナタは私を笑わせてくれない。

彼とアナタを比較することは恋の非行行為。

アナタは私と会うことに全力を注いでくれる。アナタといる私は声を出して笑っていないかもしれないけど、笑顔になれるんだ。

私を笑顔にするアナタ。
私を笑わせてくれる彼。
また比較してる。恋の非行行為は、もはや犯罪。
アナタは言った。
「恋を続けることが愛だ」って。
彼は言った。
「電信柱がキミの服を着てるよ」って。
両極端。
私は必死でアナタが彼に勝る部分を見つけようとした。
でもやっぱり彼には敵《かな》わない。
忘れられないって最強。
私は彼が好き。
でも私はアナタと結婚する。
今からウエディングロードを歩く。
忘れられない人を脳みそのフチぎりぎり頭蓋骨の内側寸前に置いて、アナタの元へ。
やっぱり彼が好き。でもアナタの元へ。
人生そんなもの。

でも幸せ。
アナタと結婚してよかったとすでに思ってる。
でも彼が好き。
でもアナタでよかった。
アナタと私で忘れられない思い出をたくさん作ってやる。
かかってこい、忘れられない人。

幸せな答え合わせ

「いつまで傘さしてんの？　早く閉じたら？」

「いやだ。傘閉じないよ。まださすよ。だって雨ってやんでも、電線から水が落ちてくるでしょ」

カナは夜空か電線を見ながら言った。

「なるほどな」

傘のせいでカナとの距離が遠くなっていた。それがわずらわしかった。

雨上がりの夜道を歩く出会ったばかりの僕ら。アスファルトには散った桜が踏まれて濡《ぬ》れて、また踏まれていた。今年はこの地面を「汚いな」と思わなかった。

「電線にぶら下がった雨が、力尽きたら落ちる。そして私に当たる。服ならいいけど、おでことかに当たったたら嫌なの」

「わかる。一瞬、『鳥のフン？』って思うよな」

「思わない。汚い水だったら嫌だなとは思う。話、突然変えていい？」

ウサギに似ている横顔。

「いいよ」

「あのねー、もし今、好きな人がいるとして。……いや、ちょっと待って。映画館に行ったとします。一人で。一人で映画を観ました。映画館で。で、後日、その好きな人とその映画の話をします。『その映画、おれ観たよ』、『私も観たよ』みたいな感じね。で、色々と話していくうちに、お互いが同じ映画館で観てたことが判明するの。で、二人とも偶然にも半券を持っていて、映画を観に行った証拠として、半券を見せ合うの。で、観に行った日付は違ってて、好きな人の方が先に観に行ってて、で、よく半券を見たら、全く同じ席に座ってたの！」

「おぉ、ロマンチックな展開だな」

「でしょ!? で、私が何を伝えたいかというと、同じ席に座ってたことが判明するときの衝撃……衝撃というか、感動？　ときめき？」

熱弁するカナは、手ぶりが大きくてペンギンに見えた。開いたままの傘が揺れていた。

「うん、わかるよ。ときめきかな」

「あっ！　これ、二択の質問だから、ちょっと待って！　あー、説明難しい」

「二択の質問？」

「そう二択。……わかった！　先にテーマを言った方がわかりやすいかもしれない。えーっと、『どっちがときめく？』って二択です」

「了解」

「さっき言った、後日に半券を見せ合って同じ席と判明するときめきと、自分はまだその映画を観ていなくて、で、好きな人がその映画を観に行ったことを知って、半券を見せてもらって、座席番号を記憶して、その後、映画館に行って、好きな人が座ってた席についで映画を観るの。意味わかってる⁉」

「なんとなく」

「つまりは、その座席に好きな人が座ってたことをわかってて観る映画と、その座席に好きな人が座ってたことをあとから知ること。どっちがときめく？」

「断然、後日に偶然判明する方がときめく。座席番号を記憶して、同じところに座るなんて消極的なストーカーっぽいし」

「確かに。断然、そうだね。なんでだろ。なんか、この二択をね、ひらめいたときに、『究極の選択だ！』って思ったけど、声に出して説明してみたら、全然究極じゃなかった」

「ここ、もう電線ないよ」

「ほんとだ」

カナは傘をたたんだ。

僕とカナは春、夏、秋を三回、冬を二回過ごした。

何度も話し合った僕らは深夜の街路樹の下で「今までありがとう」と言い合って別れた。

翌朝、何かを期待して街路樹に足を運んだ。

通勤するサラリーマンがいるだけだった。

葉っぱが真っ赤だったことを知った。


「私、この歌手、好きー」

助手席にいる妻が言った。

「うん、最近、売れ始めたよな」

不自然なほどに自然な返事をしてしまった。

後部座席から聞こえてきた子供の泣き声がラジオの音をかき消した。

「あー、オムツかな。次のサービスエリア寄ってよ」

「了解。すぐ着くよ」

サービスエリアに車を停めると、「ついでに私も行く」と妻がミニバッグを指に引っかけながら、子供を抱えてトイレに向かった。僕は運転席に座りながら、その後ろ姿を見送った。

「……今回の曲からリアルさを感じてしまったのですが」

男のラジオパーソナリティは皆、同じ声に聞こえてしまう。

「え⁉　そうですか？　まぁ、こんなことあったようななかったような」

「曖昧《あいまい》ですね」

「あっ！　うまい！」

何がうまいのかわからなかった。

「それでは曲紹介お願いします」

「はーい。来週発売です。よかったら聴いてください。カナデカナで『曖昧な想い出は甘いな』」

雨がやんだ「傘はいらないよ」と君が
雨がやんだ「傘はまださすよ」と私

ここにここに誘い込みたいだけなんだ
にこにこしてサソリみたいに毒はない

傘を私がもつのと君がもつのとでは見える景色が広がるんだ

だってだってだって

二十センチの身長差
君がいなくなってから傘を二十センチ高くしたけどなんか違う
電線の雨が落ちる　おでこに当たって嫌だ
背伸び二十センチでどこに当たる？　胸元かな

君と別れ　次の日にその場所にまた
君と別れ　次の日に同じ時間に

そこでそこで　また会えるかもしれないと
こそこそして　もし見つけても知らぬフリ

どんな話にもいつも真剣にこたえる
くだらない二択にもちゃんとこっちあっちこっち

二十センチの距離感に君がいることにして
となり二十センチ広くしたけどなんか違う

デパートでふざけあったね　おでんの具が同じで
背伸び二十センチして見にきてたライブハウス

徐々に曖昧になっていく記憶を私は私の中に
曖昧な想い出は甘いな

二十センチの身長差
君がいなくなってから傘を二十センチ高くしたけどなんか違う

すぐに感傷にひたる君はくっきりと

曲が終わりジングルが流れ、ＣＭに入った。

「なんか飲み物買ってこようか？」

後部座席のドアを開けて妻が言った。

「あ、大丈夫」

すっかり泣きやんだ子供をチャイルドシートに手際よく座らせている。

「あれ？　さっきのラジオ終わった？」

「終わってはないだろうけど、新曲流れてCM入ったから、さっきのコーナーは終わったと思う」

「そうかー。聴きたかったな。カナデカナ、だっけ？」

「そう。名前、曖昧なんだ。本当に好きなのか？」

「歌が好き。昔、その人が売れる前に職場の人に連れていかれてライブハウス観に行ったことあるもん」

「え！　そうなんだ。おれもあるよ」

「ほんと!?　もしかして同じライブだったりして。いつくらいに行ったの？」

妻が笑った。少しだけタヌキに似ている。

「いつまでそこからしゃべってんの？　早く助手席きたら？」

「はーい」

こんなオレとあんなマヨ

「この三か月、無意味だった」

あのときの声はまだ耳に残っている。

オレが浮気をしたらしい。した覚えはなかった。

誰から聞いたのか、マヨはオレが女と歩いていたと疑った。その日偶然オレは友達とオールをしていた。

「ねぇ、あのオールしてた日、本当は何してた？　こっちは知ってるんだから、正直に言って」

ワンルームの部屋がいつも以上に狭く感じた。

本当に何もわからなかったオレは平然と、「オールしてたよ」と言った。それでもマヨは淡々と質問をぶつけてきた。毅然《きぜん》とした態度を失わないオレに、マヨはついに声を荒らげた。

「全部わかってんだよ！　てめぇ浮気してたんだろ！　女のマンション入ってってたんだろ！　おい、てめぇ！」

さらに、勢いそのままに金切り声で叫んだ。

「てめぇと付き合ってた三か月、返してよ！　時間の無駄だった！　三か月、返してよ！」

オレは率直に「返してよ！」と訴えるには、三か月は短いぞ、だいたい年単位では？と笑いそうになった。

一緒にオールをした友達に証言してもらえれば勘違いを正すことはできただろう。しかし、怒り心頭に発しているマヨにとったら、〈一緒にオールをした友達〉は〈口裏を合わせてくれる友達〉だろう。だからただ黙っていた。落ち着くのを待っていた。その間違った情報源を探ろうともしなかった。

マヨは無言を貫くオレに、「てめぇ黙ってるってことはそういうことだろ？　……もういいよ。あー、自分のマンション解約してなくてよかったー」と落ち着きを取り戻しながら荷物をまとめ始めた。

服を詰め込んだ紙袋を持って、「じゃ」と立ち上がり、あっという間に出ていった。

扉が閉まる音は、終わりの合図のようだった。

至って冷静にオレは玄関の鍵を閉めようと立ち上がった。

「この三か月、無意味だった」

ドア越しに聞こえてきたマヨの声は怯《おび》えていた。

オレに対して恐怖を覚えているようだった。

必ず信号を守るオレが裏切るはずがないと。

深夜、コンビニでアイスを買った帰り道、白線が三本しかない横断歩道の信号ですら守るオレが裏切るはずがないと。「いいじゃん、これくらい渡ろうよ。ここ白線三本しかないくせに意外と長いもん。車も通らないし。アイス溶けちゃうよ」と甘えても、「絶対に信号を守る」と実直なオレが裏切るはずがないと。「なんでそんなに信号守るの？」と聞いても、「子供のときに、信号無視したらおばあちゃんに、『信号ってたくさんあるでしょ？　ってことは一日に何回もルールを守れるチャンスがあるってこと。せっかくだったら守ったら？』って言われてさ、なんかハッとしたんだよなー」と語ったオレが、裏切るはずがないと。

そんな自分に怯えているマヨを安心させる方法をオレは知らなかった。

それにくわえて、オレもマヨに怯えていたのだ。

お金を払った立場にもかかわらず、コンビニ店員の「ありがとうございましたー。またお越しください」の挨拶よりも丁寧に、「ありがとうございます」と言い返すマヨが、汚い言葉を吐き散らすはずがないと。「なんでいつもお礼を言うの？」と聞くと、「『ありがとう』と『ありがとう』ってなんかお似合いじゃない?」と自慢気だったマヨが、汚い言葉を吐き散らすはずがないと。店員に何も言わず袋を受け取ったオレに「ちゃんとお礼言わなきゃ。別に客だからって偉いわけじゃないから」と本気で怒っていたマヨが、汚い言葉を吐き散らすはずがないと。

コンビニを出たあとオレが、「店員だって別に『ありがとうございました』って言われたくないだろう」と言い返すと、「それはただの言いがかり。あと、『店員』じゃなくて『店員さん』ね。お客は別に偉くないの」とプンプンと怒って、白線が三本しかない横断歩道を赤信号で渡ろうとして、とっさにオレが、「信号!」と指摘すると足を止めたマヨ。

そんなオレたちが怯え合っていた。

だからオレは玄関の鍵を閉めた。

するとマヨの足音が遠のいた。

社会人になったばかりの大人たちが、たった三か月で別れた瞬間。あきれるように少しだけ笑ってしまった。

そんなオレは社会人三年目。

たった今、深夜のコンビニで缶チューハイを買って、店員さんに「ありがとうございます」と丁寧に頭を下げた。横にいる付き合ったばかりの彼女が「随分と丁寧ね」と笑った。

コンビニを出ると彼女が手をつないできた。会話はなく、そのまま歩き、信号が赤だったから当然立ち止まった。つられて彼女も立ち止まり、「信号守るって偉いね。白い線、三本しかないよ」と小声で言ってきた。

オレは、「こっちに向かってきてるカップルもきっとこの信号守るよ」と呟《つぶや》いた。

女より少しだけ前を歩く男。赤信号を無視してそのまま横断歩道を渡ろうとすると、女が、「ダメっ」と男の腕をつかんだ。

女の声は懐かしかった。

「この三か月、無意味だった」

あのときの声はまだ耳に残っている。

信号が青に変わった。

一歩踏み出すと、オレと彼女は一本目の白い線を踏んだ。

向かいの男女も一歩踏み出し、一本目の白い線を踏んだ。オレと彼女からすると三本目。

オレと彼女は、この男女と二本目の白い線ですれ違った。

オレは聞こえるかもしれないと思いながら言った。

「意味のある三か月だった」

暑い廊下のせいで

【女子トイレ】


鼻の下に、小粒のビーズたちは透明に輝きながら、きれいに並んでいた。

「最悪！　バカ！」

私は鏡を見て、すぐに声を出しながら、鼻の下に点々と並ぶ汗の粒を手でぬぐった。

「ホント最悪！　死んだ！」

一人、トイレの鏡の前でうなだれる。私はついさっきまで、保内《やすうち》くんと廊下で話していたのだ。にもかかわらず、鼻の下に間抜けな汗のしずくをたくさんつけていた。こんなことはありえない。いや、現実として、ありえている。この世の終わり。いや、この世が終わらないからこそ悔やまれるのだ。休み時間、ずっと教室にいればよかった。トイレに行ったのが間違いだった。自分の行動を恨むとともに、この高校の冷房事情も恨む。廊下に冷房がない。

授業が終わり、冷房がきいた教室から出ると、うってかわって暑い廊下。突き当たりにあるトイレに向かうのも億劫《おっくう》になるほど。そこで偶然、保内くんが声をかけてくれたのだ。

「よっ」

高一のとき同じクラスだった保内くん。

「保内くん久しぶり。元気？」

「元気。元気？」

「うん、元気」

「なんか、中一のときに最初に習う英語の、ハウアーユー？　アイムファイン、サンキュー、アンドユー？の日本語訳みたいだな」

保内くんはいつもポーカーフェースで、少しだけおもしろいことを言うから、おもしろさが倍増する。

「中一のときは英語って超簡単だったけど、高校にもなると難しいよね」

「おれは中一のときから難しかった」

表情を変えないでさらりと言うから笑ってしまう。

「じゃ今はとっても難しいんじゃない？」

「もうお手上げ」

大げさに両手を上げる保内くん。ふざける顔ではないのに、しれっとふざける。

「それはもうバンザイじゃん」

両手を下ろした保内くんは、制服の白い半袖シャツを、パタパタとして暑そうにした。ボタンとボタンの隙間から見えた素肌を、しばし眺めたくなったが、すぐに目をそらした。

顔に蒸し暑い空気がまとわりつく。しかし「暑い」とは口にしなかった。それは「教室に戻れば涼しいよ。じゃっ」と、このひとときが終わってしまうことを避けたかったから。

幼い頃、大晦日《おおみそか》の夜に「眠たい」と言ってしまうと、親に「もう寝なさい」と部屋に連れていかれる感覚と似ていた。

「葉川《はかわ》さんは、どこか行くつもりだったの？」

保内くんが普通の質問をしてきた。さりげなくふざけるし、普通の話もする。このメリハリが保内くんの良さ。

「あ、廊下の突き当たり」

率直に「トイレ」と言えないのは、保内くんだから。

「ん？　あ、おれもだよ。一緒に行こうぜ」

私と保内くんは廊下を並んで歩いた。暑い暑い廊下を、クリスマスのイルミネーションのアーチに脳内変換してしまった私は、お馬鹿娘。突き当たりにあるトイレは、左に女子トイレ、右に男子トイレがある。

「じゃっ」

私が軽く手を上げると、保内くんはまた大げさに両手を上げて振ってきた。

「じゃあ」

私も手を振り返したかったけれど、クリスマスのイルミネーションのアーチの妄想からまだ抜けきれず、「うん」と控えめな返事をして、女子トイレに入った。

自然とすぐに鏡を見ると、鼻の下に、間抜けな汗が目立っていたのだった。


【男子トイレ】


オアシス。砂漠を上空から眺めると、そこは唯一、色を変え、さぞ美しいだろう。

「くっそ。最悪」

鏡に映る自分の姿にアゴが外れそうになった。冷房がない暑い廊下にいたせいで、制服の白い半袖シャツのわき部分には、汗がしっかりとにじんでいたのだ、オアシスのように。

鏡の前で頭を抱える。とっさにこのような動作をしてしまったのは、さっきまで廊下で葉川さんと話していたからだ。よりによって、葉川さんの目の前で両手を上げてしまった。二度も。まるで、オレのわき汗を見てくれと言わんばかりに。

「マジかよ」

勝手に出る声。

葉川さんとは一年のときに同じクラスで、二年で離れてしまった。二年の初登校の日、新しいクラスメートを見て、葉川さんがいないことに、オレは何も思わなかった。しかし放課後、偶然に正門を出たところで葉川さんと会った。

「あ、クラス別々になったな」

なんの気なしにオレは声をかけた。

「ホントだね。離ればなれになったね」

「じゃまた。バイバーイ」

お互いに手を振りあって別れた。とてもあっさりとしたやり取りだった。しかし一人になると、葉川さんが言った「離ればなれになったね」が耳に残り続けていた。葉川さんは「離れた」ではなく「離ればなれ」と言ったのだ。離ればなれ、まるでお互いが求め合っているような表現。悲しみながらも散り散りになってしまったかのような。ただそれだけのことで?と思われても仕方がないが、この日を境に、葉川さんを見かけるたびに呼吸を止めてしまいそうになった。休み時間になると、わざと廊下に出て、葉川さんと出くわす作戦も遂行した。見かければ必ず声をかけて、少し話す。連日だと不審者になりかねないので、十日に一回くらい。そして今日も、葉川さんと話せたのだ。

「よっ」

「保内くん久しぶり。元気？」

葉川さんはオレの鼓動を健全に乱す。

「元気。元気？」

声が震えそうだ。一年のとき、葉川さんの魅力に気づけなかった自分を罵倒したい。

「うん、元気」

「なんか、中一のときに最初に習う英語の、ハウアーユー？　アイムファイン、サンキュー、アンドユー？の日本語訳みたいだな」

葉川さんと話せている喜びと動揺を隠すために、極力、表情は崩さない。こんな精神状況下で、我ながら上質なたとえができたと自画自賛。こうやって葉川さんと話しながら、心中は会話とはまるで別のことを考えていた。葉川さんとの妄想だ。オレは葉川さんとの妄想を早送りしすぎて、すでに交際が始まり、ケンカまでしていた。お互いの不満を言い合い、涙する。夜通しで朝まで泣き続ける、オレと葉川さん。二人の目はすっかり腫れている。お互いの目を指しあい大笑い。仲直り。暑い廊下が妄想を止めてくれる。これほどの妄想をしているオレは、仮面をかぶっているかのように表情筋を動かさない。上っ面でかろうじて会話を続けているオレは、英語の難しさに「もうお手上げ」と、両手を上げてふざけると、葉川さんに「それはもうバンザイじゃん」と指摘された。葉川さんが笑っていることに安心しながら、両手を下ろし、制服をあおいで風を送り込んだ。

「葉川さんは、どこか行くつもりだったの？」

自分きっかけだと、気の利いたことが言えないのがもどかしい。

「あ、廊下の突き当たり」

葉川さんが指さした方を見て、それがトイレのことだとわかり、葉川さんに顔を向け直した。昨夜、生放送の歌番組に国民的アイドルが出ていて、司会者が「可愛《かわい》い」という視聴者コメントをたくさん紹介していた。一方のオレは、そのアイドルよりも、食卓にあった黄色いたくあんの色の方が、可愛いと思った。そのアイドルの名前より、〈たくあん〉の響きの方が可愛いと思った。そのアイドルのトークとパフォーマンスの二面性よりも、〈たくあん〉と〈たくわん〉のわずかな違いの方が可愛いと思った。これほど可愛いたくあんと葉川さんを比べるとどうだろうか。噛《か》むとボリボリと音を立てるたくあん。「トイレ」と直接言わない上品さを持つ葉川さん。葉川さんは、たくあんに圧勝していた。たくあんが可愛いのなら、葉川さんはとてつもなく可愛いのだ。よって、国民的アイドルよりも、たくあんよりも、葉川さんは可愛いのだ。

「ん？　あ、おれもだよ。一緒に行こうぜ」

二人で廊下を並んで歩くと、チェーンの外れた自転車に乗っているような、動作の量とつりあわない前進具合。突き当たりのトイレに着くと、葉川さんは「じゃっ」と軽く手を上げてくれたので、オレは大げさに両手を上げ続けながら、「じゃあ」と言った。

葉川さんに「船の見送りじゃないんだから」と指摘して欲しかった。しかし、葉川さんは「うん」としか言ってくれなかった。オレの、中身のないふざけ様に葉川さんはさすがにあきれていたのかもしれない。

少し後悔しながら男子トイレに入り、鏡を見ると、わき汗が目立って、結果として自分はこれを葉川さんに、二回も見せびらかしていたことに気がついてしまった。

美人

「好きです」

不思議なものだ。

これほどの美人に言い寄られているのに心が動かない。言い寄られているという表現は似つかわしくないほどに、踏切がよく似合う爽やかな告白だった。


美人と出会ったのは合コン好きの同僚が開いた飲み会。

女性三人の中でひと際美人。「この子、こんなに可愛《かわい》いのに彼氏がいないんです。まさかの、私たちには彼氏がいるのに」と他の二人が美人を売り込む、都合のいい飲み会だった。「まさかの、私たちには彼氏がいるのに」と謙遜（？）していた友達が妙に心をくすぐった。しかし、そんなことを圧倒的に凌駕《りょうが》したのが美人の存在だった。

実に美人。

夜よりも、昼が似合う美人。

ヘッドホンよりも、イヤホンが似合う。

名刺よりも、名札が似合う。

殺虫剤よりも、蚊取り線香が似合う。

長い黒髪は風呂上がりに乾かしている姿を想像せずにはいられない。それを後ろで一つに結んでいるだけ。飾り気がない。デート前の支度時間が短いことを妄想させる。

涼しげな奥二重の目。瞬きをするたびに優しい筆圧の奥二重の線が、顔を出す。

柔らかそうな唇は、思っている以上に柔らかいに違いない。

独身で二十八歳の僕たちは、修学旅行のバスガイドが美人だったときのように騒いだ。

「何歳なの?」

「二十六歳です」

「好きな男のタイプは?」

「気取らない、普通っぽい人ですね」

「前の彼氏とはいつ別れたの?」

「一年半前です」

「なんで別れたの?」

「相手が転勤することになって、それだったらもう別れようかってなったんです」

「男に告白したことある？」

「はい。何回かあります」

男たちの矢継ぎ早な質問に美人はキレ良く返事をした。包み隠さない性格。敬語に慣れている様子。目をしっかりと見て話す。元カレを「相手」と呼ぶ。とにかく好印象の美人。飲み会の終わり際に全員でライン交換をした。


明くる日、仕事の昼休み中に美人からラインが届いた。

〈昨日はありがとうございました。またよかったらお食事でもどうですか？〉

〈昨日はありがとう！　食事行ってくれるの？〉

〈行きましょう。いつにしますか？〉

〈もちろん、合わせるよ！〉

〈じゃ、さっそく、今晩どうですか（笑）？〉

〈スピーディー！　今晩行けるよ！　二十時に恵比寿《えびす》駅でどう？〉

〈わかりました。では二十時で。西口改札出て、右にある登山用品店、わかりますか？アウトドア用品の。その店の前がわかりやすいですよね〉

〈わかるよ！　ではまたあとで〉

まさかの美人からの誘いに舞い上がり、男三人のグループラインにすぐメッセージを送った。

〈言わないといけないことがある……。驚くなよ。今晩、飯に誘われたよ。美人に！〉

〈え⁉　マジかよ⁉　美人から⁉　勝ち戦だな！　健闘を祈る！　あの美人、意外にも積極的だなー〉

〈悔しい！　でも、すげーぜ！　頼む！　ゲットしてくれ！〉

男たちの不毛なやり取りに少しニヤけた。

二十時、恵比寿駅に着くと美人は約束の店の前にいた。

「ごめん、お待たせ」

「全然、待ってないですよ」

「何食べる？」

「なんでもいいですよ」

「じゃー、水炊き鍋はどう？」

「あ、いいですね。行きましょう」

飄々《ひょうひょう》とした雰囲気の中にぎこちなさを感じて、昨日より少しだけ緊張しているように見えた。

「この水炊き屋さんはよく来るんですか？」

全個室の水炊き屋に入ると美人は聞いてきた。

「昔、一度だけ来たことがある」

半年前に別れた彼女と来た。やたらと個室を好むアイツに、「有名人でもないくせに」と言うと、「個室の方が絶対に楽しいもん。変な顔だってできるし。個室じゃなかったら、店の雰囲気に合わせて気取らないといけない。個室だったら私たちの雰囲気になる」とアイツは熱弁した。

「そういえば彼女いないんですか？」

美人は僕の目をしっかりと見ながら聞いてきた。

アイツとまだ付き合っていない頃、初めての食事で「彼女いるの？」と聞かれたので、「いないから来た」と一言多く返事したことを思い出した。

「彼女いないよ」

「そうなんですね。彼女いそうですけどね」

これは紛れもなく僕に好意がある。しかしそんなことには気がついていないような返事をする。

「いないんだよー」

「どれくらいいないの？」

「半年前に別れた」

アイツから突然かかってきた電話で、「ごめんなさい。私、朝、起きたら、会社の先輩がベッドにいた。昨日、会社の飲み会って言ってたでしょ？　私、酔っちゃって。朝起きたら自分の家で、隣に先輩が裸で寝てた。私も裸だった。本当にごめんなさい。でも本当に覚えてなくて。もう二度とお酒は飲まないから」と泣きながら打ち明けられた。声量でしか怒りを抑えることができなかった僕は、「は？　マジかよ。わかった。じゃ別れる」と言って電話を切った。それ以来、会っていないし連絡も取っていない。いずれ電話番号も消そう。

「前の彼女となんで別れたんですか？」

瞬きをしながら聞いてきたので、奥二重の線が見え隠れした。半紙に鉛筆で字を書いたような優しい筆圧の線。

「うーん。自然消滅ってやつかな」

わざわざ詳しく話す必要はない。

「好きな女の子のタイプある？」

アイツにも同じ質問をされ、「タバコ吸わない女性がいいかな」と答えると、「え！　なんで？　なんでよ。なんで、タバコ吸う女性は嫌なの？」とあからさまに困った顔をしてきたので、「え、吸うの？」と聞くと「吸いません」と即答してきた。僕は「吸わないのかよ」と笑ったが、アイツは真顔のままだった。はにかむことなくふざけたことが妙に色っぽかった。

「タバコ吸わない女性がいいかな」

アイツのときと同じ返事をした。

「私もタバコは吸わないから、男の人には吸って欲しくない。個室でタバコ吸われたらツラいし」

美人は同調しながら、自分の意見を少しだけ足した。器用な人だなと思った。

店員が水炊き鍋を持ってくると「まずはじめに、そのまま出汁《だし》を一口お飲みください」と強制的に出汁だけを取り皿に入れてくれた。そして「ご注文、全ておそろいですね」とテーブルの横に伝票をかけて出ていった。それから美人はゆっくりと出汁を飲んだ。

「鶏《とり》のお出汁がおいしい。舌先で感じる味が強い。舌の奥で感じるのは化学調味料らしいですよ。あっ、これ、無添加だ」

僕に向かって舌先を出した美人が、いちごの先を口から出しているように見えた。食の知識が美貌によく似合った。

アイツとここに来たときもこのシステムがあった。すぐに一口飲んだアイツ。店員が出ていくと、「私、味わかんなかった！　だって、超薄いんだもん」と頭に手をのせた。僕は一言、「いやいや、これは鶏の出汁がきいてるんだよ」と取り皿の横にあったお茶を一口飲んで、「うーん、鶏の出汁がきいてる」とおどけた。すると、「それ、お茶なんですけどー」と上を向いて大笑いした。仰《の》け反ったアイツの前歯の裏が見えそうで見えなかった。僕はこのとき、初めて人の歯の裏に色気を感じた。

一時間半ほどして、美人がトイレに行った。帰ってくると入れ替わりで僕も行った。男女兼用で一つしかないトイレは記憶通りの場所にあった。美人が利用したばかりのトイレに入るのは少しだけ照れた。中に入ると便器の蓋は閉められていて、トイレットペーパーは下手ながら三角に折られていた。本当に上品な人だなと思った。

アイツのときは違った。アイツが行った直後のトイレに入ると、蓋は開いたままで、トイレットペーパーは雑に千切られていた。個室に戻り「トイレットペーパーの切り方、雑だよな」と愛想よく罵ると、「引っかかりましたな。私はトイレには行っていない」と嘘《うそ》をついた。「いや、さっき行ったよね？」と問い詰めると、「私はお会計を済ませただけなのだ」と得意気だった。「え？」と驚くと「いつもおごってくれるから、たまにはと思ってトイレに行くフリをして、こっそり払った。だからトイレを使った人は違うお方だよ」と説明された。アイツの言う通り、テーブルの横にかけられた伝票はいつの間にかなくなっていた。僕は「ごちそうさまでした」と目を閉じながら頭を下げた。テーブルにおでこをつけるとアイツは「頭下げすぎ」と笑った。当然のことながら、おでこをつけたまま目を開けるとテーブルの面と焦点が合わなかった。そんな些細《ささい》な一コマが鮮明に残っていた。

水炊き屋を出ると美人が言った。

「ごちそうさまでした。もう一軒、行きませんか？　次は私が払うので」

本格的に好意を持ってくれている。街灯に照らされた美人はより美人に見えた。この光景が不思議なほどにありきたりだった。

「ぜひぜひ！」

大げさに前向きな返事をした自分が奇妙だった。

「カフェでも行く？　どうせ私たちお酒飲めないし」

僕と美人は酒が飲めない。アイツは酒をよく飲んだ。いつも、「お酒はおいしい。でもコーラの方がおいしいよ」とコーラ最強を唱えた。

「いいカフェ知ってる？」

「私、行ったことあるところで、渋谷橋《しぶや》を上がったところにカフェあるよ」

美人はいつの間にか敬語をやめていた。境目をわからせないのが見事だった。

「ラーメン屋の奥のところ？」

「そう！　知ってるんだ。あそこどう？」

「いいね、あそこにしよう」

アイツとも行ったことがあるカフェ。美人が言い出した店だから、致し方がない。

それぞれコーヒーを頼むと、美人が店内を見回しながら言った。

「あのカウンターのところ見て」

「なに？」

「あそこ。ワイングラスの中に偽物のマカロンたくさん入れてる。カラフルなマカロン。あれはお洒落《しゃれ》なのかな」

「なんの意味があるんだろ」

「お洒落じゃない？　なんか笑っちゃう。私は本来の姿がいいかな。ビルの谷間から見える虹より、山の間から見える虹がいい。あれ？　たとえが変かな？」

「いやいや、わかるよ」

美人はそれとなく、感性を伝えてきた。気取らない性格の表現が、きわめて自然だなと思った。完璧には理解できない、少し格好をつけたたとえも悪くない。

この店でアイツもワイングラスの中に入った偽物のマカロンを指摘した。美人とアイツの観察眼は似ているのかもしれない。

アイツは「あのマカロンどう思う？」と投げかけてきたので、マカロンのイントネーションで「わからん」とふざけると、「マカロンみたいに言わないでよ」と全く笑わなかった。むしろ、怒っていた。「私は真剣にアレについて語り合いたかったのに。なんだかすごく寂しい。心に穴が空いた。マカロニみたいに」と、やっぱりふざけてきた。マカロンのイントネーションで「マカロニ」と言おうとして失敗していたことに、笑い合った。このときもアイツが口を大きく開けて笑うものだから、前歯の裏を見たくなった。


三十分ほどでカフェを出て、支払いをしてくれた美人に店先で頭を下げた。

「ごちそうさまでした」

「こちらこそ、さっき水炊きをご馳走《ちそう》になったし」

美人は首を横に振りながら言った。どの角度から見ても美人で、一瞬だけ退屈した。

二人並びながら恵比寿駅に向かっていると、美人が提案した。

「ねぇ、この道から行かない？」

「遠回りになるけどいいの？」

アイツは遠回りを嫌った。目的地に遠回りをしてしまうと執拗《しつよう》に怒った。「正しいルートで向かいたかった。人生って常に色々な選択があって、枝分かれしていくっていうじゃん？　遠回りすると間違った人生のルートを通ってる気がする」と哲学的で理解しきれない考えを持っていた。

「私、遠回りが好きなので」

車のライトが美人を一瞬だけ照らした。すぐに焦点が合わず、見惚《みと》れることはなかった。

住宅街をしばらく歩いていると遠くに踏切が見えてきた。根拠はないが、閑散としているせいで今にも、カーンカーンカーンと鳴り響きそうだった。

「あのさー、踏切、もうすぐ電車が通過しそうな雰囲気あるから、小走りしない？」

「なんでわかるの？」

「理由を聞かれてもなー。なんとなく感じない？　この踏切もうすぐ電車来るぞーって。この踏切長らく電車通ってないぞー、だからもうすぐ来るぞーって」

「なにそれっ」

美人は噴き出すように笑った。

「わかんないかー」

僕の価値観に無理して合わせないのが素直だった。

この踏切への価値観をアイツに話したとき、「わかるわかるわかるわかる、かける百！つまり、わかるを何回言ったことになるでしょう⁉」とアイツは真顔で言った。はにかむことなくふざけるアイツはいつも色っぽかった。

「ゆっくり歩こうよ」

「そうしようか」

静かな夜道をゆっくりと歩いた。踏切に近づくと予想通り、音が鳴り出した。

「えっ。電車来るじゃん」

「やっぱり！　雰囲気出てたんだよなー」

「すごーい」

踏切の音のせいで美人が声を大きくした。

「あのー、突然で申し訳ないんですけど、言っていいですか？」

遮断機が下り始めると、美人は僕の前に立って言った。踏切と僕の間にいる美人を見て、瞬間的に告白されることを悟った。それは好意を持たれていること以上に、美人が初めて目をそらし敬語に戻っていたからだった。そして僕は、しっかりと目を見てくる女性より、そらしながら話す女性の方が好きだと思った。目をしっかりと合わせられる人は社会の勝ち組に感じられた。

「え？　なに？」

「初めての食事で!?とか、会ったの昨日だよ!?とか、色々思うだろうけど」

踏切の音に負けじと大きくなる声量は、告白の前触れに見合っていなかった。

「なに？　え、なに？」

言葉を挟んで、時間を稼いだ。何と返事をすればいいのだろうか。

「好きです」

不思議なものだ。

これほどの美人に言い寄られているのに心が動かない。言い寄られているという表現は似つかわしくないほどに、踏切がよく似合う爽やかな告白だった。

勇気を振り絞って告白した姿が、排便する犬のような可愛さだなと思うだけで、「僕も好きです」と返事することはできなかった。

電車が音を立てて通過する。過ぎ去ってしまうと、静けさが戻る。きっとそれが合図かのように、返事をしなければならない。この走り去る電車が貨物列車なら少しは考える時間が長くなったのにな、と無駄なことを考えた。

なぜ、美人の期待にこたえられないのか。僕は何度も美人を「美人だ」と思った。踏切を通り過ぎる電車がずっと電車であるように、美人はずっと美人だった。単調な美人だから？　そんなことではない。昨日の飲み会で感じた些細な違和感が邪魔をしていた。

「この子、こんなに可愛いのに彼氏がいないんです。まさかの、私たちには彼氏がいるのに」と友達が言った。あのとき、美人は当たり前の顔で天井を見ながら、のうのうと烏龍《ウーロン》茶《ちゃ》を飲んでいた。少しだけでもはにかんだり、何か一言を添えられたのでは？と思った。即座に僕はそれを見ないようにした。こんな些細なことを気にする人間になりたくなかったから。

僕はアイツのことを思い出すたび、別れを選んだことがダサいと思っていた。アイツの失敗を許せる人間でありたかった。大半の男は許せないだろう。なぜならば他の男と一夜を過ごしたことは大きなあやまちだから。でもそれはただの潔癖じみたことで、時間が解決してくれるはずである。もちろん、感情の波により、許せなくなる日もあるかもしれない。でもそれ以上にアイツと過ごす日々は、綺麗事《きれいごと》でもなく心にバネがついているように弾んだ。手が届かない場所も、アイツがいれば届くような気がした。何度考えても、別れを選んだ自分がとてつもなくダサかった。だからこそ、天井を見ながら烏龍茶を飲んでいたことなんて些細なあやまちで、こんな些細なことを気にする自分は嫌だった。しかし、この些細な違和感が、「僕も好きです」とは言わせない。

ささくれは小さな傷なのにやたらと痛い。きっと違和感というものは、些細なことほど大きくて、大きなことほど他愛《たわい》ない。

電車が通過し遮断機が上がると、周りはひっそりとした。元の静けさより、さらなる静寂。僕が声を出すまで、誰も物音を立てない約束をしたようだ。

「……ごめん」

僕の小さな声は踏切の反対側まで響きそうだった。洞窟の中にいるような冷たい空気が漂う。すると美人は、落ち込むよりも先に驚く顔をした。見開いた目が男っぽくて、勝ち戦に挑んでいた将軍が負けを知った顔を連想させた。

「なんで？　付き合ってよ」

「……ごめん」

「理由は？」

「……わからない」

「わかりました。じゃ、さっきのコーヒー代だけ返して」

「えっ？」

ささくれの皮が荒くむけたような痛みが走った。

そして、アイツの顔が浮かんだ。僕は遠回りをしていたのかもしれない。

近づきたいのか、近づいてきて欲しいのか

僕は洋菓子が好き。

和久井《わくい》さんは和菓子が好き。

昼休み、教室で、和久井さんが友達数人と〈和菓子と洋菓子、どっちが好き論争〉をしていた。僕は一人の友達と会話を適当にしながら、背後から聞こえてくる和久井さんたちの会話に聞き耳を立ててた。彼女たちは「目の前に落ちていたら拾うのはどっち？」という不必要な設定をつけて、論争を繰り広げていた。ケーキよりも饅頭《まんじゅう》。チョコよりもあんこ。クッキーよりも煎餅。これが和久井さんの好みだ。

和久井さんの友達の一人が、「高校生なんだし洋菓子を好きであるべきだよ。和菓子はおばあちゃんじゃん。そもそもさー、あんこが落ちていたら、土とかいっぱいつくよ。そういう意味でもチョコの方がいいんだってば」と言い出した。

不必要な設定のせいで、論点がズレ始める。また別の一人が、「それだったらケーキも

落ちていたら、土たくさんつくよ。饅頭よりつきそう。ほら、大福とか、白い粉ついてるし、土からガードしてくれそうじゃん」と言ったことで話は急変。

さらにもう一人が、「でもケーキって、アルミホイルを敷いてるじゃん。だから土つかないよ」。すると最初に論点をズレさせた一人が、「それアリなの？　だったら饅頭も包み紙あるじゃん」と指摘。

もう声だけではどれが誰の意見なのかがわからなくなる。

「え⁉　饅頭って包み紙ある？」「あるでしょ」「なんか、和菓子屋さんのショーケースに裸で置いてあるイメージ」「確かに」「さくら餅は、葉っぱが守ってくれるよね」「でもあの葉っぱは食べるでしょ」「そういえば、もみじ饅頭ってビニールに包まれてるよね。無敵じゃん。落ちて転がっても土つかないよ」「ってか、アイツ、饅頭なの⁉」「え⁉　饅頭でしょ？」「名前に、饅頭って、ついてるじゃん」「アイツ、饅頭じゃないでしょ⁉」「じゃなに？」「……パン生地とあんこ？」「あんパンじゃん！」

和久井さんも含めて、女子たちは爆笑した。

「いや、そもそも、洋菓子か和菓子どっちが好き？って話でしょ？　落ちてるっていう設定つけたせいで、テーマ変わっちゃったね」

和久井さんが、場の空気には合わせつつ、冷静に論点を整理した。ここで一人が、魅力的な提案をした。

「ねぇ、男子に聞いてみようよ」

高鳴る胸。

教室内を見回すと、男子は僕を含めて少ししかいない。選ばれる可能性は高い。

もし選ばれたら僕はどうすればいいのだろうか。

正直に自分の好みを言うべきなのか。はたまた和久井さんに合わせるべきなのか。嘘《うそ》をつくのは違う。僕は洋菓子が好き。和久井さんは和菓子が好き。これでいいではないか。

そう、これでいい。でもこれだけで終わってしまいそうだ。「そうなんだ」と。ならば、僕も和菓子を好きなフリをすればいい。その場しのぎで、適当に同調すれば、仲間と思われて一気に親しくなれる可能性がある。そのまま二人で巣鴨《すがも》にでも行って、和菓子屋で饅頭を並んで食べようではないか。ほら、和菓子屋の前には決まって、赤いフェルト生地を敷いた長椅子みたいなのがあるじゃないか。いや、座面が畳の長椅子もあるか。そんなことはどうでもいい。そこに座って饅頭を食べようよ。

初々しい僕と和久井さんは、長椅子の両端に座る。僕らの間はすっぽりと空いていて、他人同士みたい。そうか。最初に僕が真ん中に座ってしまえばいいのか。そうすると、和久井さんがどっちの端に座っても、僕らは見事、並んで饅頭を食べることとなる。長椅子みたいな、あの椅子には名称はあるのだろうか。ありそうだ。

和菓子が好きなら、あの長椅子みたいな椅子の名称くらい知っておかないと。和久井さんはきっと知っている。僕は知らない。それが発覚したとき、僕は和久井さんに「嘘つき！　和菓子が好きって言ってたくせに！　本当は洋菓子が好きだったのね」とビンタを食らうことになる。鏡で自分の頬を確認すると、ビンタの衝撃で赤みがかっている。それを見て、和久井さんは「ごめん」と謝ってくれる。僕の頬の赤みを見た和久井さんは「いちご大福みたい。透けるいちご」と、いちご大福を食べたくなる。しかし僕は、シュークリームのストロベリー味を連想してしまっていた。これ以上、嘘をつけないと思い、正直に「和久井さんごめん。僕は、自分の頬を見て、いちご大福ではなく、シュークリームのストロベリー味みたいと思ってしまった」と打ち明ける。和久井さんは一呼吸置いて、「やっぱり生粋の洋菓子好きじゃん！」と、再び僕にビンタを浴びせることとなる。頬の赤みは濃くなり、僕はショートケーキのいちごをイメージしたが、和久井さんはきっとおはぎの赤黒さをイメージするのだろう。根こそぎ好みが違う、僕と和久井さん。

やはり、和菓子が好きと嘘をつくことに、明るい未来は待っていない。少し先の未来しか照らせない嘘なら、願い下げだ。僕は自分に正直であるべきだ。正直こそが、遠い未来までをも照らすはずである。和菓子好きな和久井さんに、洋菓子好きをアピールすればいいのだ。僕の熱弁に、和菓子派の和久井さんは、徐々に洋菓子に興味をもち始める。これは、和久井さんが僕に近づいてくるということ。きっと僕は、和久井さんに近づいてきて欲しいのだ。

いや、反対もあるのかもしれない。僕が、和久井さんに近づく。和久井さんに和菓子の良さを熱弁してもらい、僕が和菓子に興味をもつ。

僕は一体、どちらを望んでいるのか。

近づきたいのか、近づいてきて欲しいのか。

きっと近づき合えることが、最たる幸せに違いない。しかし、そんな都合のいいことはない。そもそも和菓子と洋菓子が近づき合ったところで、間には何もない。和菓子と洋菓子の間？　中国のお菓子、月餅《げっぺい》？　そんなバカな。初々しい僕と和久井さんが、中国に行って、万里の長城で月餅を食べる？　餡《あん》がぎっしりと詰まった月餅。たった一つで腹いっぱいになり、動けなくなる僕ら。そのまま現地解散。近づき合うことを高望みした結果が、中国現地解散。

やはり、どちらか一方が、どちらか一方に近づくというのが、正しいのだ。

僕は和久井さんに近づきたいのか？

僕は和久井さんに近づいてきて欲しいのか？

「ねぇ、原島《はらしま》くんは洋菓子と和菓子どっち好き？」

和久井さんの声。

「なんだよ急に」

教室の隅にいた原島くんが返事をした。女子たちは「教えてよー」と言った。

「おい、どこ行くんだよ？」

突然立ち上がった僕に、目の前にいた友達がオロオロとした。

僕は自信をもってこう言った。

「和久井さんに近づくんだよ。甘い話の始まりだ」

友達は「は？」とあきれた。

僕は洋菓子が好き。和久井さんは和菓子が好き。

僕は和久井さんが好きなんだ。

私のことなんか言ってた？

休み時間、彼の親友の原田《はらだ》を呼び出した。原田は待ち合わせた廊下の突き当たりに、あきれた顔をしてやってきた。

「私のことなんか言ってた？」

「もう、めんどくせぇな。『三年のクラス替えで同じクラスになりたいような、なりたくないような』って言ってたぞ」

私の彼はミトム。付き合って半年。

「え？　どういうこと？」

「お前とミトムが付き合ってることは、みんなに内緒にしてるだろ？　学校で話さないじゃん。だから『同じクラスになっても、近くにいるのに話せないのがもどかしい』って、のろけてたよ」

「ふーん」

私とミトムは同じバドミントン部。伝統で部活内恋愛は禁止されている。きっと恋愛が足かせになると勘違いしている初代の顧問が決めたのだろう。スマッシュを打つ瞬間に、意中の相手に気が散ってフォームが崩れるとでも？　そんな馬鹿な。意中の相手に素晴らしいスマッシュを見て欲しいから、より美しいフォームになり、シャトルがスペースシャトルのように火を噴いて凄《すさ》まじくなるのだ。この理論を初代の顧問にぶつけたい。きっとこう返される。「キミのスマッシュが凄まじくなったとして、意中の相手がその様子を見ているということは、キミによそ見をしていることになるよね？　つまり彼は気が散っていることになるね」と。そんな考えは、老害への第一歩だ。私に刺激を受けた彼のスマッシュもまた火を噴くことを、初代の顧問は知らない。

「もういい？　教室戻っていい？」

そう言って戻ろうとする原田を引き止める。

「他になんか言ってなかった？」

私は少し変わっているのかもしれない。彼から直接聞く「好き」よりも、人づてに聞く彼の思いが大好物。ミトムは私に「好き」を伝えてくれる。面と向かっても文字でも電話でも。そのたびに、ブランコに乗って最高振り幅に到達したときの、ふんわり、に似た感覚を味わえる。

でも原田から聞く話はより刺激が強い。ジェットコースターの急降下の、ふわり、だ。

よって私は原田の話を聞きたがってしまう。初めてそれを味わったのは、ミトムと付き合ったばかりの頃、廊下で原田とすれ違ったときだった。

「ラーメン食べるの下手くそらしいな」

「え？」

「ミトムが言ってたぞ。ラーメン食いに行ったんだろ？」

曖昧《あいまい》に返事をしながらも、自分が不在の場所でミトムが親友に私の話をしていたことを知って、体がふわりと軽くなった。実際、私はラーメンを食べるのが下手ではない。ただミトムを前にして、どれほどの力で麺を吸引していいのかがわからなかったのだ。すすることもせず、パクパクとラーメンを食べた。それをミトムから指摘されることはなかった。「おいしいね」と言い合いながら食べただけのことだった。でもミトムは横目で私がラーメンを食べている様子を見て「下手くそだな」と思っていたのだろう。そして後日、親友の原田にそれを伝えた。原田から「彼女はラーメン食べるの下手くそだったか？」と質問するわけがない。つまり、ミトムから「彼女はラーメンを食べるのが下手だった」と話題を持ちかけたのだ。これらの背景が一瞬で脳内を駆けめぐり、私は宙に浮いた気がした。

いや、実際に浮いていたのかもしれない。

「もう教室に帰らせてくれよ。おれの呼び出し、日に日に増えてるぞ」

「そう？」

原田が大げさにうなだれた。初めてラーメンの話をされてからは、廊下で原田とすれ違うと必ず、「私のことなんか言ってた？」と聞く。収穫があったり、なかったり。原田になかなか会わないときは、ラインで呼び出して、直接聞く。「どんな些細《ささい》なことでもいいから」と絞り出す始末。たくさん聞けた日は「豊作だったね」と言って、原田に「うるせぇよ」と受け流される。「何も言ってなかった。テレビの話ばっかりしちゃったから」と言われるときは、「不作だね」と原田をけなす。原田から聞くミトムの話にやみつきになってしまい、呼び出す頻度が増えているのは事実だった。

「学校でも普通にミトムと話せばいいじゃん」

「ダメだよ。バドミントン部は部活内恋愛禁止なんだから」

「友達として男女が話すことは普通じゃん。付き合う前は話してたわけなんだからさ」

「まぁーね。でもそんなことで変に噂《うわさ》が立っても嫌じゃん。で、他になんか言ってなかった？　なんでもいいから」

「うーん。あっ、『三年のクラス替えは小さい悩み。大学進学とか、これから悩むことが多いんだろうな』って」

「え⁉　なんでそれもっと早く言わないの⁉　大収穫じゃん！」

「は？　これ嬉《うれ》しいの？」

やはり、原田は絞れば出るから簡単には諦めてはならない。原田にとっては些細なことでも、私にとっては実りある情報である。熟しているほどに。

「そういえばさ、ミトムって原田に私のことを話すときに、私のことなんて呼んでるの？」

「どうだっていいだろ、そんなこと」

「よくないよ！」

原田に対して心底腹立たしく感じた自分は変なのか。はたまた原田に人間の感情がないだけなのか。

「なんだっけな。意識してないからわかんないなー」

「意識しろよ」

本気でキレている私。

「えーっと、確か、『ミカちゃん』だよ」

「うそ!? ホントに!? なんでそれ先に言わないの!? 大豊作じゃん！」

思わず、原田の肩を強く叩《たた》いてしまった。

「いってぇーな。うるせぇーし」

今までそれを収穫させてくれなかった原田へのあきれに似た怒りと、大収穫の喜びが入り交じって、使ったことのない表情筋を使ったのか、目の下がぴくぴくと痙攣《けいれん》した。

ミトムは普段、私のことを「ミカ」と呼ぶ。でも親友には「ミカちゃん」と言っているらしい。気球に乗ったことはない。でもきっとこの、ずっしりとした重力を感じながらふわふわとする感覚なのだろう。

「もう教室戻っていい？」

「ダメ！　もっと聞かせて」

原田が大きく息を吸った。

「あのさー、これ言おうか迷ってたんだけどさ、実は、ミトムに言われたんだよ。『原田とミカちゃんが付き合ってるって噂聞いたけど、そんなわけないよな？』って。もちろんおれは笑いながら否定した。おれとお前が話しているのは、ミトムのことを聞かれているだけってアイツは知ってるんだよ。それなのに、アイツ、不安になってんだぞ。それだけお前のことが好きなんだぞ、アイツ」

「大収穫じゃ――――ん！」

「お前バカかよ」

「ねぇ、他になんか言ってなかった？」

「もういいよ！」

じょうろが不安定な〈デンジャーな日〉

じょうろが不安定。

ベランダに出て植木鉢に水をあげた。アイビーは簡単に育つ。枯れない。強い。

私は弱い。

空っぽになったじょうろを室外機の上に置いた。

いつもの置き場所なのに、じょうろがグラグラと不安定。

じょうろ不安定。


じょうろが不安定な日は、ムカつく日。個人的に〈デンジャーな日〉って名付けている。

一か月に五日間くらいある。五日連続ってわけではない。

きっかけはない。

ただムカつく。

なぜかムカつく。

厳密には、「ムカつく」って言葉と、私の感情は合致していない。

会社に向かう。

ムカつく。

いや、「ムカつく」ではない。

カバンを投げたくなるような気持ち。でもない。

カバンの持ち手を引きちぎりたくなるような気持ち。

真っ暗な部屋に閉じ込められている感じ。でもない。

古い自動販売機の中に閉じ込められているような感じ。うん、すごく近い。いや、難解。

誰に話しかけられても、「今はやめて」って気持ち。

目の前に人がいることが嫌。そう、それ。

誰も私に関わるなって気持ち。でもない。

地球上にいるのは私だけになれって気持ち。いや、それはまるっきり違う。

私を操縦する人がいない気持ち。でもない。

私を操縦しているのは絶対に私だ。って気持ち。

操縦席には誰も座らせないって気持ち。

〈デンジャーな日〉は、自分を嫌うことがないってことが異様。自分以外の人をとにかく嫌いになる。

でも〈デンジャーな日〉が終われば、自分を嫌いになる。そのせいで〈第二のデンジャーな日〉がくることもある。

私は普通の女。

〈デンジャーではない日〉が私の本性。ありのままの姿。

〈デンジャーな日〉が、本来の私、と思われたくない。絶対に。

そもそも〈デンジャーではない日〉って名称が嫌。デンジャー基準。〈普通の私〉でいいじゃん。そんなことを考え始めると〈第三のデンジャーな日〉がやってくる。

電車の中で叫んでやろうか⁉って思うけど叫べない。理性を保てていることが不快。これが〈第四のデンジャーな日〉を呼び起こす。

〈第五のデンジャーな日〉は、どうせ明日くるって感じでこっちから迎え入れる始末。

インターホンを押される前に扉を開けるような、家の前でくるのを待っているような、お料理をたくさん準備しているような。

それなのに〈第五のデンジャーな日〉は手土産なし。非常識。

常に舌打ちをしたくなる気持ち。説明不能。

これが〈デンジャーな日〉です。よろしく。

こんなことを、最近できた彼氏に説明したいけど、言えない。

歴代の恋人とは〈デンジャーな日〉のせいで別れた。歴代といっても二人。

最終的に言われることは「お前のわがままに疲れたよ」って。

〈デンジャーな日〉について説明しても、理解してもらえない。

「だから、それを、わがままって言うんだよ」と叱られた。

久しぶりにできた彼氏にこんなことを説明したくもない。

〈デンジャーではない日〉に出会った彼。タナくん。くりくりの目が好み。

会社員同士。ほぼ毎日、仕事終わりに会う。土日も絶対。

タナくんは毎日会いたがる。それはそれで嬉《うれ》しいけど私には〈デンジャーな日〉がある。

付き合ってから初めての〈デンジャーな日〉。

朝の日課で気がつく。

じょうろが不安定。

ベランダに出て植木鉢に水をあげた。

アイビーは簡単に育つ。枯れない。強い。

私は弱い。

空っぽになったじょうろを室外機の上に置いた。

いつもの置き場所なのに、じょうろがグラグラと不安定。

じょうろ不安定。

間違いない。今日は〈デンジャーな日〉。

タナくんからラインが届く。

無視した。

未読スルーにすればいいのに、既読スルーにしてしまう。

夕方、電話がかかってきた。無視をする。

仕事終わり、また電話が。仕方がなく出る。無言で。

「もしもし？　どうしたの？　ラインこないからさ、どうしたのかなって」

何も知らないコイツが嫌になる。

わかってよ。連絡してこないでよ。

「うん、別に」

構って欲しいわけではないのに、こんな返事をしてしまう。一刻も早く電話を切りたいのに、自分からは電話を切らない。切れない。弱みを握られているような気持ち。

「会おうよ。ごはん食べようよ」

「うん」

断ればいいのに断れない。やはり弱みを握られているような気持ち。

いつもの待ち合わせ場所に行くとアイツがいた。

私の顔を見た途端、満面の笑み。嫌だな。

二人でよく行く定食屋へ。

くりくりな目、今日はギロリと睨《にら》まれているよう。

「どうしたの？　なんか怒ってるの？　おれなんかした？　それだったら謝るしさ。ちゃんと言ってくれよ」

〈デンジャーな日〉に対する、最も癪《しゃく》に障《さわ》る反応。その上、典型的。

「なんもないし」

少しだけ微笑《ほほえ》んであげる。

「うそつけよ。絶対におれなんかしたじゃん。ごめん」

黙れ。黙れ。黙れ。

とりあえず私が黙る。黙る。黙る。

歴代の恋人と同じ反応。どうせわがままって思っているんでしょ。思え。そう思え。

とりあえず今は私の返事を待て。おい、お前。焦るな。何も話してくるな。私が声を出すまで待て。

「なんで黙ってんの？　正直に言ってよ。おれ、わかんねぇーよ」

なんで待てないの？　馬鹿じゃないの。

結局、定食屋を出るまで無言。

すぐに解散。

駅でアイツが「バイバイ」って言ってきたから、ちゃんと振り向いて、「うん、バイバイ」って言ったら安心して笑っていた。

笑顔に拒絶反応。

帰宅して、すぐにお風呂。

シャワーを頭から浴びたら、涙が止まらない。

悲しい映画を見て泣くような感じではない。嗚咽《おえつ》でもない。目だけが別人のモノになったみたいに、涙が自動的に出てくる。呼吸は普通。シャワー中、ずっと泣いていた。

すぐに寝る。真っ暗な部屋。涙が止まらない。呼吸は普通。

次の日も〈デンジャーな日〉、また次の日も。

そして、次の日、落ち着いていた。

室外機の上のじょうろが安定していた。

じょうろ安定。

タナくんからは一度も連絡がなかった。

私からもしていない。

夕方、ラインをしたらすぐに返事がきた。

仕事終わりにいつもの定食屋へ。

タナくんはこの数日間のことを話題に出さなかった。
それからはまた毎日会った。
いつもの私とタナくん。目がくりくり。
でも数週間後、また〈デンジャーな日〉がやってきた。
室外機の上に置いたじょうろが不安定だった。
じょうろ不安定。
既読スルーにしてしまう。
会わなきゃいいのに、会ってしまう。
話しかけてくる。限りなく少ない言葉で返事。
何度も「どうしたの？」とこちらをギロリと見る目、あっち行け。
笑顔に拒絶反応する私。
再び、連絡を取り合わない数日間。
〈普通の私〉に戻るとタナくんに連絡。
また毎日会う。
楽しい。幸せ。
簡単な言葉で表現できる日常。
〈デンジャーな日〉はどんな言葉を駆使しても説明不能。

いずれやってくる日。

タナくんが可哀想《かわいそう》。

だから〈デンジャーな日〉について説明した。

くりくりの目で私を凝視した。好みの目。

「なんだ、そんなことだったんだ。てっきり地方に男でもいるのかなって。で、月に一度上京してくる男で、数日間だけ家に泊めてるのかなって思ってた。本気で」

「違うよ、バカ」

「じゃー、これからは、〈デンジャーな日〉も会おうな」

タナくんは何もわかっていない。

「話、聞いてた?」

「うん、理解した。だから〈デンジャーな日〉も会おうよ。おれ、一言も話さないから。おれ、一回も顔を見ないから。待ち合わせ場所は定食屋で。ラインもしない。電話もしない」

「理解してないじゃん。〈デンジャーな日〉は誰にも会いたくないの」

「でもおれは会いたいからなー」

単純明快な返事。

この人が煩雑な〈デンジャーな日〉を理解できるはずがない。

「あのさー、〈デンジャーな日〉ってその日の朝にわかるの？」

「だいたいそうかな」

「じゃあさ、わかったらラインで『デンジャー』とだけ送ってきてよ。もちろん、それに返事はしないし」

「あのね、〈デンジャーな日〉は、『デンジャー』って言葉を送るのも嫌」

優しくない私。

でも〈デンジャーではない日〉の今日だからこそ強く跳ね返す。

「じゃー、『デンジャー』じゃなくて、『ジンジャー』ってラインしてよ……あっ、まだデンジャーの感じが残ってるか……あっ！　『ジンジャー』を日本語にして、『生姜《しょうが》』は⁉　うん！　そうしよう！　〈デンジャーな日〉ってわかったら、おれに『生姜』ってラインしてよ」

「え、私にそこまでして会いたいの？」

「会いたいなー」

単純な言葉は簡単に胸に浸透する。

「優しいね」

単純な言葉を投げ返す。

「おれ、『生姜』ってラインがきたら『しょうがない』って思うし！」

おもしろくなかったけど、おもしろかった。

単純な言葉で満足し合える二人はセーフティー。

数週間後、〈デンジャーな日〉がやってきた。

じょうろ不安定だった。

タナくんに「生姜」ってラインを送信。既読になった。

「しょうがない」って思っている彼を想像したらおもしろくなかったけど、笑えた。いや、微笑んだくらいかな。


数年後、タナくんに結婚の申し込みをされた。

わざわざ〈デンジャーな日〉に伝えてきた。

「この日に、オッケーもらえたら、本物でしょ」と言った。

私は「しょうがないなー」って返事をした。

飛行機雲を見る僕を見る君

忘れな草色の空に線が引かれている。

本能なのか、人間はやたらと飛行機雲に反応を示す。何かを区切る線でもなければ、囲う線でもない。突然現れ、いずれ消える線。飛行機雲を発見するとついつい見上げてしまい、スマホで撮影。きっと見返すことはない。どうせ数か月後に、削除することになるだろう。

「おかあさーん、みてー!」

男の子が世紀の大発見をした様子で上空を指さし、母親を呼んだ。

「ひこーきぐもー!」

「ほんとだね」

空を見た母親は返事をして、すぐにカバンからスマホを取り出した。やはり誰もが飛行機雲を撮りたがる。飛行機雲は愛されている。そんな飛行機雲を僕はうらやましく思ってしまった。日曜日の昼下がり、目的もなく公園にいる二十五歳の僕。なかば当然のように、こんな自分を惨めに感じた。しかし、男の子の母親の行動は僕の心を少しだけ軽くした。飛行機雲を指さしている男の子を撮影したのだった。何枚も。さらに動画まで。一度たりとも飛行機雲を撮らなかった。

これが愛というモノかもしれないと漠然と考えた。

動画ならせめて、最後にカメラワークを利用して飛行機雲を映してもいいような気はした。それでも母親は子供だけを撮り続けていた。最後まで飛行機雲を撮らなかった。スマホをカバンに戻した母親は男の子の頭をなでながら言った。

「飛行機雲教えてくれてありがとうね」

「いいよ」

実際、母親が飛行機雲に目を向けたのはたった一度だけだった。

偉そうに返事をした男の子に母親は笑った。それにつられて僕も自然と笑顔になった。あっという間に飛行機雲は、弱々しくなり、薄い波線に変わっていた。完全に消えるまで見続けてやろうと意気込んだが、首が痛くなりやめた。

「見たいものって、楽しては見られないんだろうね」

あの日、麻実《あさみ》が言った。この有栖川宮《ありすがわのみや》記念公園で。僕らが幼い頃から何度も遊んだこの場所で。あのとき、僕と麻実の上空には飛行機雲がくっきりと存在していた。あの線は僕らにとっての境目だったのかもしれない。

「私、オーストラリアの大学に行きたい。いや、行く」

麻実の決心は、穏やかな公園の風景に溶け込まなかった。

僕たちが幼い頃からたくさん遊んだ公園。風で少し揺れるブランコ。堂々としたジャングルジム。遊具一番人気の自信ありげなすべり台。そして麻実の決心。彼女の声は、公園の要素が醸す子供の世界と混ざりあうことはなく、全てを弾き、水銀の粒のように独立していた。

「マジ?」

僕の声は軽かった。それを自覚して、やはり麻実だけが大人になっていることに気がついた。

僕と麻実は幼なじみ。幼稚園からずっと一緒。小中高と同じ学校に通っていた。幼稚園の頃から、麻実を好きという気持ちは自覚していた。小学生になる頃には手をつなぐだけで、心臓がかゆくなる感覚があった。小学三年生の時点で僕は麻実に言った。いつもの有栖川宮記念公園で。

「けっこんしようよ」

「いいよ」

麻実は即答した。しかし、僕らにはそれ以上の進展はなかった。

中学生になると同級生同士が付き合い始める。それを意識し始めた僕は麻実に伝えた。

「おれたち、付き合わない？」

麻実は驚く様子もなく口を開いた。

「うーん、わざわざ付き合わなくてもいいんじゃないのかな？　私たち、幼稚園からの付き合いだし、今からわざわざ付き合い始める必要はなくて、このまま二人の関係を広げるっていう考えでいいんじゃないのかな？　このまま」

「ん？　どういうこと？」

「つまりは、これからもこのままの感じで」

「そかそか」

「私たちって幼稚園から一緒だし、出会った感覚ないよね」

「そうだな」

「私たちってまだ出会ってないのかもね」

僕にはこれが、承諾なのか拒否なのかがわからなかった。唯一、麻実だけが大人になっていることはわかった。変わらないのは、僕と、この公園だけだった。同じ年月を過ごしてきて、どこで差が開いたのだろう。みるみる大人になる麻実を見て見ぬフリをしながら、同じ高校に通い、同じ時間を過ごした。

そして、高三の夏前、麻実はいつもの公園で「オーストラリアの大学に行きたい。いや、行く」と打ち明けてきた。もしかしたらこれが麻実からの誘いで、「おれもオーストラリアの大学に行く」と返事をするべきだったのかもしれないが、僕の口からは到底言えるようなことではなかった。結果、その冬、僕は自分の成績に適した大学を受験し、合格した。麻実は猛勉強をして、宣言通り、オーストラリアの大学に合格した。

「合格した！」

いつもの公園で嬉《うれ》しそうに言った麻実。僕は内心、不合格を願っていた。当然そんなことは口がさけても言えないし、うその笑顔で引きつる表情を隠した。

「すげぇな！　よかったな」

「ありがと」

しばらく沈黙が続いた。会話がなくなると寒さが際立った。ひんやりとお尻に伝わるベンチの冷たさ。

「行くの？　オーストラリア？」

「うん、もちろん。そのために受験したんだよ」

「行かなくてもいいんじゃない？」

この発言には論理的根拠は微塵《みじん》もなく、感情的かつ感傷的根拠しかなかった。麻実は反応しなかった。きっと僕の思考があまりにも幼かったのだろう。公園内にある、全裸で笛を吹く少年の銅像〈笛ふき少年像〉を見て大笑いしたあの頃の僕らは、もうここにはいない。再び、沈黙が続いた。公園の端で幼稚園児の男の子と女の子が遊んでいる。砂を集め、固めることだけに専念している。女の子は、飽きたのかすべり台に向かって走り出した。男の子はチラッとその様子を見て、そのまま砂で遊び続けた。

「あ、飛行機雲」

麻実がベンチから立ち上がり、空を指さして声を出した。返事をしてもらえなかった僕は仕返しのように返事はせず、立ち上がり空を仰いだ。

「飛行機雲って、どれくらいの時間見えるんだろうね」

「さぁ」

「消えるまで見とこうよ」

「いいよ」

僕は顔を上空に向けた。

「なかなか消えないね」

しばらくして麻実が言った。

「そうだな」

「全然消えないね」

「うん」

「消えないね」

「そう？　ちょっと薄くなってない？」

自然と僕は、麻実に顔を向けた。

「おい」

僕はとっさに声を出してしまった。麻実は飛行機雲ではなく、真っ直ぐに僕の顔を見ていたのだ。

「いつから見てたんだよ」

「最初から」

「飛行機雲見ろよ」

「結構、喉仏《のどぼとけ》出てるんだね」

「まぁな。飛行機雲、見るんじゃないの？　消えるまで」

「わかった、見るよ。消えるまで」

そう言って麻実は顔を空に向けた。今度は僕が真っ直ぐに、麻実の横顔を眺めた。麻実が消えるまで。オーストラリアに行くまで眺めてやろうと思った。麻実を連れ去る飛行機は、白い線を空に描くのだろうか。

「あー、首痛い」

麻実は首を回しながら、空を見るのをやめ、真正面を向いた。そして、続けた。

「見たいものって、楽しては見られないんだろうね」

麻実の声は数秒前よりも大人っぽく聞こえた。僕はこれからもずっと麻実を見ていたかった。でもどうやら、楽しては見られないらしい。飛行機雲は薄くなり、もはや線ではなくなった。飛行機雲が完全に消えた頃、僕らは手を振り合って別れた。何かがそうさせた。麻実とはあの日以来会っていない。あの日消えた飛行機雲は、僕らにとっての境目ではなく、僕らそのものだったのかもしれない。


「おかあさーん！　また、ひこーきぐもー！」

さっきの男の子の声に再びつられて空を見ると、できたばかりの飛行機雲がくっきりと存在していた。男の子の母親はやはり、再び男の子をスマホで撮影していた。やはりこれは愛だ。

あの日、麻実も、飛行機雲ではなく、僕の顔を見ていた。つまり、愛と呼ぶにふさわしい感情が、あの瞬間に芽生えていたのかもしれない。

僕はスマホをポケットから取り出した。

忘れな草色の空に際立つ飛行機雲を仰ぎ見てから、麻実の番号を表示した。呼び出し音が鳴った。

「……もしもし？」

すぐに出てくれた。あの頃と変わらない声。そんな麻実の声を幼く感じられたことが嬉しかった。僕は少しだけ大人になれているのかもしれない。

「もしもし、久しぶり。初めまして、おれです」

「久しぶり、初めまして、私です」

ふざける麻実に笑ってしまった。僕らはようやく出会ったのかもしれない。

赤いパーカの女

【紗良《さら》　三十八歳　春】

「これ誰だろ?」

高校時代。かれこれ二十年以上前のスリーショット写真。

若さ全開、おふざけ満点、笑顔満開。左端に高校のセーラー服を着てダブルピースをしている私。鼻の穴をパンパンに膨らませている。右端に頭の上で手を合わせているセーラー服の洋子《ようこ》。アゴを突き出し、寄り目をしている。私と洋子の間にいるのは、制服の上から赤のジップアップパーカを着ている人物。スカートだから女子に違いない。ただ顔が覆われている。この人物が着ているのは、普通のジップアップパーカではない。ファスナーがフードの一番上まで続いているタイプのもの。なんのためにファスナーがそこまで続いているのだろう。たまに一番上まで閉めきって「前が見えなーい」とふざけて遊ぶ子供を見る程度しか思い浮かばない。しかしこの人物はファスナーを一番上まで閉めていた。その結果、尖《とが》った頭巾のようになり、顔どころか、首から上半身まで全てが隠れている。写真の背景は外階段。確か高校の食堂の横の外階段だ。


今朝、洋子から電話がかかってきた。

「久しぶりー！　今、大丈夫？」

「久しぶり！　うん、大丈夫だよ。子供たち学校に行ったとこだから」

「あのね、何年ぶりかの電話で突然なんだけど、私結婚しまーす」

「本当に⁉　おめでとう！」

「ありがとう。でさ、夏くらいに結婚式するから来てよ」

「もちろん！」

「でさ、なんか結婚式で思い出VTRみたいなの流すでしょ？　あれで写真が必要で、でも高校時代のがあんまり見つからなくて、なんかない？　そういえば高校のとき紗良、よく〈写ルンです〉で撮ってたなぁって」

「〈写ルンです〉、懐かしいー！　わかった！　探してみるね」

「今、若い子の間でまた流行《はや》ってるらしいよ」

「へぇー。私たちはもう若くないか」

「やかましっ！」

電話を切ったとき、高校時代の香りがほのかにしたような気がした。

家事が一段落した昼前、クローゼットの奥から昔のアルバムが入った箱を取り出した。アルバムといっても簡易なモノ。写真屋で現像に出すたびにもらえた紙のアルバム。見開きで四つのポケットがあり、全ページで現像枚数がちょうど入った記憶がある。当時、お小遣いはほとんど写真代に使っていた。〈写ルンです〉を撮り切ったら現像に出して、そのついでに前回の仕上がった写真を受け取り、新しく〈写ルンです〉を買う。この繰り返し。大学生になった頃、デジタルカメラが主流となって、いつの間にか〈写ルンです〉を使わなくなった。

高校時代と思われる範囲からアルバムを適当に一冊抜き取り、無作為に開いた。

「ん？」

見開き四枚入るスペースに、たった一枚しか入っていない。三つのポケットは空っぽ。その一枚の写真に、赤いパーカを着た、顔が見えない人物が写っていたのだ。

謎の人物。

一見この人物はふざけているように見える。だが、棒立ち。そこに妙な不気味さがあった。さらに閉めきったパーカのフードは、ピエロの仮面を彷彿《ほうふつ》とさせる。この下にある表情はどんなのだろう。この人物は素顔を隠す必要があった。だからフードを閉めきった。

……ではなぜ？　私のピースサインは自然に出たものとは思えない。それは、薬指と小指を押さえる親指がやたらと力んでいるように見えたから。必要以上にふざけているように見える私と洋子。その間にいる棒立ちの謎の人物。私は写真に顔を寄せた。

【紗良　高校二年　春】

「今日の放課後、立木《たちき》くんに告白する」

「え⁉」「え⁉」

私の宣言に、洋子と波奈実《はなみ》の声がシンクロした。

「紗良、本当に言ってるの？」

洋子が確認してくる。

「ねぇ、いつから立木くんのこと好きだったの？」

ニヤニヤしている波奈実の質問。

「本当に言ってるよ。……クラスが一緒になったこの一か月で、急速って感じ」

「へぇ」「ほぉ」

惜しいシンクロ。

「立木くんに告白するってさっき決めたの。本気。だから見てて。告白するところ」

「え!?」「え!?」

再び、二人の声がシンクロした。


立木くんと、私たち三人は同じクラス。私と波奈実の間の席が立木くん。横並び。黒板に向かって、私が左で、立木くんは右。その右に波奈実。洋子は少し離れている。

立木くんを意識し始めたのは〈風〉だった。空手部の立木くんはいつも、空手道着とカバンを机の右側に引っかけていた。しかし何があったのか、突然、左側、つまり私側に道着に重なるようにカバンを引っかけるようになったのだ。

立木くんは筆箱を持たない。カバンのポケットにシャーペンと三色ボールペンと修正液と消しゴムと定規を入れている。

「なんで筆箱に入れないの?」

「無駄にかさばるだろ」

私の質問にさらりと答えた立木くん。

立木くんは消しゴムなどを使うとき、毎回体を少し左に倒し、カバンから出し入れをする。そのわずかな体の動きは、小さな風を起こす。強めの甘い香りを乗せて。シャンプーはきっと〈マシェリ〉。一時期、使っていたからわかる。

授業中、立木くんは何度も私に小風をよこしてくるのだ。その小風は竜巻を起こすほどに強く、〈立木風〉と名付けた。何度も〈立木風〉に当たる私は、当然のように、心が渦巻いた。〈立木風〉に流されてたまるか。〈立木風〉を向かい風にしてやろう。向かってやる。そう思った私は、自分のカバンを机の右側、つまり立木くん側に引っかけるようになった。立木くんがカバンから消しゴムを取り出すタイミングに合わせて、私もカバンを開こうと体を右側に傾ける。すると私たちの頭は限りなく接近する。立木くんが元の状態に戻ると、私は「あれれ、ない」という心情を取り繕い、何も取り出さずにカバンを閉めて元の姿勢に戻る。これはあまり乱発できない行為。周囲から私の目的が見破られそうだ。よって、この〈危険行為〉は一日に一回だけの嗜好《しこう》行為。私は〈立木風〉をもっと近くで感じたくなった。

お母さんとスーパーに行った日のこと。

「あ、シャンプー買わなきゃ」

「〈マシェリ〉にしよ。あの香り好き」

その夜、残りわずかの〈ダヴ〉のシャンプーを無視して、新しい〈マシェリ〉を開封した。風呂上がり、ドライヤーで髪の毛を乾かすと〈マシェリ〉の香りが辺りを包んだ。

「あれ？」

残念ながら〈立木風〉とは香りが少し違った。やはり〈立木風〉は立木くんにしか起こせないのか。しかし次の日の朝、眠い体を無理矢理起こし目覚まし時計を止めると、枕から〈立木風〉の香りが湯気のように立ちこめていたのだ。

「よしっ」

こんなことでガッツポーズを取った私は誰よりも可愛《かわい》い気がした。

その日の英語の授業中、私は単語帳をカバンに入れたままにしていたことに気づき、体を立木くん側に傾け、カバンを開けた。すると、なんと。立木くんも私の方に体を傾けて、カバンを開けたのだ。接近する私たちの頭部。とっさに私の手は止まり、立木くんの動向を意識せざるを得なかった。立木くんは消しゴムを取ると思いきや、「あれれ、ないや」といった様子で何も取り出さずに上体を元に戻したのだ。もしかすると立木くんも〈危険行為〉を狙っているのか。もしその予測が正しければ、それが表す意味はつまり……。

その瞬間、私は立木くんに告白する覚悟をした。


「告白するところ見ててって、どういうこと?」

私の覚悟を感じ取った波奈実は、真剣な表情になっていた。

「やっぱり不安なの。フラれたら励ましてよ。だから、見るというか聞いててくれたら、それでいい。ほら、食堂横の外階段の裏のベンチで普通に座っててよ。私、階段の前で告白するからさ。そしたら二人の姿は見えないし、でも声は聞こえるでしょ」

「紗良、ホントすごい」

洋子が感嘆の声を出した。

「私たち、耳立てて聞いてるから、がんばってね！」

波奈実が私の両手を包み込みながら言った。

放課後。六時間目の終わりを知らせるチャイムが響き、先生が教室から出ていくとすぐに、周りに聞こえない声で立木くんに話しかけた。

「立木くん」

「ん？」

「ちょっと時間ある？」

「いつ？」

「今」

「部活」

「空手か」

「うん」

「ちっとも無理？」

「部室で道着を着たり準備さえしとけば、少しは行けるよ」

「食堂の横の外階段に来てくれない？　待ってるから」

「わかった」

立木くんが出ていくと、二人が駆け寄ってくる。

「どうだった？」

私より落ち着きがない波奈実。

「ひとまず、呼び出しは成功した。あー、ドキドキする」

「すごいよ、紗良は。じゃ私たち階段の裏のベンチに座っておくね」

洋子が私の頭をなでながら言った。同時に自分の髪の毛から〈立木風〉の香りがして、勇気がこみ上げた。

「ありがと。あっ、気合い入れたいし、思い出として写真撮っていい？」

「今？」「いいね」

二人の声がシンクロしなかった。私はカバンから〈写ルンです〉を取り出し、二人の顔が私に寄ってきたところで腕を伸ばして、自撮りした。しかしシャッターボタンが押せなかった。

「ごめん、巻くの忘れてた」

「あるあるー」「あるあるー」

二人の声がシンクロしたことに安心する私。フィルムを巻いて、再び、撮る。

「よしっ」

私の気合いの声が合図になって、二人が教室から出ていった。告白を二人に見守ってもらうことを、立木くんが知ったら、いい気はしないだろう。だから少し時間を空けて、私も食堂横の外階段に向かった。校舎には部活に向かう生徒、帰宅する生徒、立ち話をしている生徒、様々な生徒がいる。この中で、今から告白する生徒は私だけだろうと、無駄な優越感があった。でもハタから見れば私は帰宅する生徒だろうし、そう思うと実は今から告白する生徒は案外多いのかもしれない。

「そういうことだよね」

誰にも聞こえない小さな声を出した。

立木くんはカバンを私側に引っかけた。立木くんは私がカバンを開けるタイミングに合わせて、カバンを開けた。

辻褄《つじつま》は合っている。

でも不安になる。

でも不安の先には幸せがあると思う。

だから勇気が生まれる。

でも勇気があるから不安にもなる。

不安が先か勇気が先か。答えは明確で勇気が先。

勇気が生まれて、不安になって、勇気を大きくして、原動力に変える。

不安は栄養。

私はうつむいてニヤリと笑ってしまった。今から男子に告白をする自分を冷静に楽しんでいたから。

食堂横の外階段に到着。階段の裏のベンチには洋子と波奈実の気配が感じられた。

「来たっ」

遠くからこちらに向かってくる立木くん。意外と早かった。

私の声に反応した二人が小さく動き、カサカサと落ち葉が地面を擦《こす》るような音を立てた。

立木くんは空手道着の上に真っ赤なパーカを羽織っている。国旗のような色合いが微笑《ほほえ》ましかった。徐々に近づいてくる立木くんを見ていいのかどうかもわからず、空を見たり、地面を見たりして、首は上下の動きしかしなかった。

「ごめん、お待たせ」

「ううん、ごめんね、部活前に」

「どうしたの？」

立木くんを呼び出した理由なんて、誰だってわかること。きっとこれは立木くんが鈍感なフリをしているのではなく、私が話し出しやすいようにパスをしてくれているのだ。

「あのね、二年でクラスが一緒になって、偶然席が隣同士になってさ、そんなにたくさんは話してないけどさ、気づいたら好きになってたの。だから、付き合ってください」

洋子と波奈実がいる方から、再びカサカサという音が聞こえた。

立木くんは空を見上げながら「マジかー」と言った。

「おれ、初めて告白なんてされたよ。自分とは無縁のことだと思ってたよ。おれ一生、このこと忘れないと思うわ」

私の告白の返事を述べるのではなく、告白をされたこと自体についての感想を述べる立木くん。私は黙って待つしかなかった。

「すごく嬉《うれ》しい。ありがとう。でもごめん。おれ他に好きな人がいる」

洋子と波奈実の気配すら感じなくなった。

「ううん、全然いいよ!」

私は笑顔を取り繕った。しかし普段笑うときの顔の感覚とは程遠かった。

洋子と波奈実に見守ってもらったのは、フラれたときに励まして欲しいためだった。しかし実際にフラれてみると、洋子と波奈実の存在は、私をただただ恥ずかしい気持ちにさせた。フラれて落胆という感情は皆無で、恥ずかしい感情で満杯だった。そういった意味では、洋子と波奈実の存在に助けられていたのかもしれない。とはいえ、この状況はあまりにも恥ずかしい。ここまで私を恥ずかしい思いにさせている原因は明確だった。洋子と波奈実に見守ってもらうのは、もしフラれたら励ましてもらうため、というのは表向きな理由であって、実際は、立木くんの行動から手応えを感じていた私に、洋子と波奈実に告白成功の瞬間を見せつけようという下心があったからだ。

この恥ずかしさの仕組みを、理屈で考えるとさらに恥ずかしくなる。一生分の恥をこの瞬間に味わった気がした。この恥ずかしさは一生忘れられない。絶対に。

「ごめんな、でもありがとう」

立木くんの締めとも思われる言葉。

「ううん、気にしないで、ごめんね！　好きな人いたのかー。じゃ仕方がないっ、きっぱり諦められるからハッキリ言ってくれてありがとう」

「ならよかったよ」

立木くんは真っ赤なパーカのファスナーを無意味に触っていた。

「誰なの？　好きな人。あっ、こんなこと聞いたらダメか……なんだったら私、協力するよ！」

男子に告白するところをこっそりと友達二人に見せて、「他に好きな人がいる」と撃沈して、一生分の恥ずかしさを味わって、落胆していないフリをするために彼の恋愛に協力しようとしているこの状況に、私は少しだけ笑いそうになった。

「本当に⁉　じゃ協力してもらおっかな」

受け入れ態勢の立木くん。まさかだった。でも彼の真意はわからない。教室では隣の席ということもあり、今後私と平穏な関係を築くために協力を受け入れたのかもしれないし、ただただ鈍感な男なのかもしれない。答えはわからない。

階段の裏にいるはずの洋子と波奈実は、私からも気づかれないようにしているほど、気配を消していた。私、立木くん、洋子と波奈実。一番過酷な状況は洋子と波奈実だろう。

「立木くんは誰が好きなの？」

こう言うしかなかった。

「秘密にしておいてくれよ」

「もちろん」

三十秒ほど前に私が彼に告白したとは思えない雰囲気。

「おれ、原野《はらの》さんが好きなんだ」

「え⁉」

階段裏から空気が動く気配がした。

「おれ、結構本気なんだ。席もさ、隣が原野さんだろ？　おれ元々カバンを原野さん側に引っかけていたんだけど、邪魔かなとか思って、反対側にかけたりしてさ」

「……反対側」

「そう。こういう小さい気づかいとかって、アピールになるのかな？　女子ってどんなことが、優しさになるのかな？」

「……え、そうだねー……」

階段裏から二人の息づかいが大きく聞こえた。そして、カラスの鳴き声ほどの声量で、人の泣き声が聞こえてきた。

「嫌だー!」

泣きながら、階段裏から姿を現したのは波奈実だった。

「波奈実、ダメ!」

波奈実を引き戻そうと洋子までもが姿を現し、一瞬こちらを見てから、また隠れようとした。

「波奈実……」「原野さん……」

私と立木くんの声がかぶった。

「嫌だー! こんなの嫌だー! 嫌だー!」

波奈実が腰の高さで左右の手をそれぞれ握りしめて、大泣きしていた。

「原野さんが、なんでここに?」

立木くんの疑問に、洋子がすぐに機転を利かせた。

「違うの。波奈実とここに座っていたら、なんかお二人さんが始まって、出ていけなくなって」

洋子の言い方に笑いそうになった私は案外冷静だ。また、波奈実がこんな風に泣きじゃくるのを新鮮にも思っていた。

私、立木くん、洋子、波奈実。

現状、一番逃げ出したいのは洋子だろう。

「原野さん！　なんか全部聞かれていたっぽいし、もう言わせて。原野さんが好きです。付き合って欲しい！」

「え？」「え？」

私と洋子の声がシンクロした。

「無理ー！　無理ー！　無理ー！　こんな状況で、返事できるわけ、ないじゃーん！」

波奈実が鼻水を垂らしながら子供みたいに大きく泣いて、ぎりぎり聞き取れるように言った。

「もし、こんな状況じゃなかったらどうかな⁉　おれ、原野さんが好きなんだ」

引き下がらない立木くんに、波奈実が泣きじゃくりながら返事をする。

「もうやめてよー！　『好き』とか言わないでよー！　好きになっちゃうじゃーん！」

「え⁉」「え⁉」「え⁉」

私と洋子と立木くんの声が、見事にシンクロした。

「本当に⁉　じゃもう一回好きって言ったら、おれのこと完璧に好きになってくれる⁉

原野さん好き！　好き！」

立木くんに負けじと、波奈実がしゃっくりをしながら大きな声で言った。

「やめてよー！　好きになっちゃったー！」

「は？」「は？」「やったー！」

私と洋子の声のシンクロを立木くんが乱した。

波奈実が涙と鼻水を拭きながら、立木くんに歩み寄った。

「もう！　わけわかんない！」

誰よりも大きな声を張り上げたのは洋子だった。そして続けた。

「もう！　付き合っちゃえよ！　うん！　付き合いなよ！　紗良、いいでしょ⁉　立木くんと波奈実が付き合ってもいいよね⁉」

洋子の問いかけに、私は大きく息を吸った。

「……いいに決まってんだろー！！！」

私の声は竜巻も蹴散らす威力があったに違いない。

「紗良！　写真撮ろう！　〈写ルンです〉出して」

洋子の提案に、私の体はすぐに動いた。

「え？　いいの？」

立木くんが言った。

「違う！」「違う！」

私と洋子の声がシンクロした。

「あんたが撮るの！　私と紗良と波奈実が写るんです！」

私から〈写ルンです〉を取った洋子が立木くんに持たせて、その場を仕切った。

「波奈実、こっち来て！　スリーショットだよ！　今日のこの意味不明な出来事を、一生忘れないために！　私たち三人がこれからも仲良くできるように、そして、波奈実と立木が幸せに付き合えるように！　友情も恋愛もどっちも大事なんだよ！　どっちかを失うべきじゃないんだよ！　ちょっと波奈実！　なにこの顔！　最低じゃん！　おい立木、パーカ貸して」

洋子がなかば強引に立木くんからパーカを剝ぎ取ると、波奈実に着せて、フードをかぶせた。

「なんじゃ、このパーカ！　どこまでファスナー続いとぉんねぇん！」

洋子はエセ関西弁を発しながら、ファスナーを上まで閉めた。波奈実は顔の前をファスナーが通るとき少しだけ顔が引きつっていて、私は笑いそうになった。

両手を前に出してジタバタとする波奈実。

「なんにも見えないんだけどー。すごいシャンプーの香りがするー。落ち着くー」

〈マシェリ〉だ。〈立木風〉を求めていた自分が遠い過去のようだった。

「ヤバいね、この波奈実。おもしろすぎる。紗良！　私たちも、思いっきりふざけよう！」

「うん！」

「おい、立木！　撮って！」

洋子の指示に、空手道着の立木くんが「はい！」と返事をした。

「はい！　チーズ！」「はい！　チーズ！」「はい！　チーズ！」

私と洋子と波奈実の声がシンクロした。

【紗良　三十八歳　春】

一体、誰なのか。

赤いパーカで上半身を隠した謎の人物は、フードの中で私を嘲笑うように棒立ちだ。記憶の中はモヤモヤとしていて、とてつもなく強い風が吹かない限り視界は広がらない。このままアルバムを閉じようとしたが、タンスの引き出しの奥に何かが引っかかっているような感覚を味わいそうで嫌だった。

高校生活の記憶を一から呼び起こすことは、あまりにも無謀だ。高校の最初の記憶は入学式。ん？　覚えていない。入学式に出席したというのは確かなのに、そのときの光景は何も思い出せない。一年のとき、何組だったかも思い出せない。でも、前の席の男子の刈り上げがきれいだったことは覚えている。昼休みが何分間だったかも思い出せない。でも、昼休みになると眠気が全てなくなる感じは覚えている。廊下側の教室の窓の鍵が古いくるくる回して締めるタイプだったことは覚えている。暑い日の授業中、開けたままの扉から見えた、廊下の掃除をしてくれる清掃のおばちゃんの少しかがんだ姿は覚えている。誰もいない体育館に入ったことは覚えている。でも理由は覚えていない。

洋子とたくさん写真を撮ったことは覚えている。撮るきっかけは覚えていない。ジャンプして空中の瞬間を撮ったことも覚えている。友達に自分を撮ってもらうとき、〈写ルンです〉を渡してシャッターボタンを押してもらって、フィルムを巻かれそうになると、「巻かなくていい!」と言っていたのを覚えている。一度、カバンの中で誤作動でシャッターボタンが押されていたことがあって以来、フィルムを巻くタイミングは撮る直前と決めたから。

つぎはぎの高校時代の記憶。

些細《ささい》なことはそのままで、色濃いことは褪《あ》せて消えてなくなっていた。結果的に些細なことしか残っていない。朝起きてすぐ「この夢はあまりにも鮮明だから忘れるはずがない」と思っていても、すぐに「あれ?」と跡形もなくなっている。濃密な夢を見たという記憶はあっても、夢の中身は記憶にない。モヤモヤ。アノ感覚。唯一違ったのは心地のよさ。明確に思い出せなくても、高校時代の記憶にさまようことは心地よかった。

赤色のパーカのアナタは誰。

手元の古びたアルバムのページを、前に一枚めくる。今度は四つのポケットに全て写真が入っている。右下の写真に目がとまった。

私の顔を挟む、洋子と、「あ!……波奈実だ!」

すぐに洋子に電話をかけた。

「もしもーし」

「写真あったよ! ねぇ! 波奈実わかるでしょ? 連絡取ってる?」

「あー波奈実、連絡取ってないや。高校出てから何回か会ったりしたよね?」

「うーん……三人で遊んだような気もするけど……。みんな別の大学に進んだもんね。……卒業式のときも『一生仲良し!』って本気で思ってたけど、いつの間にか会わなくなったよねー」

「私、高校の友達で連絡取ってるの、紗良だけ」

「私も、洋子だけ。……当時さ、大人がさ、『学生時代のことをあんまり覚えてない』とか言うと、『うそつけ!』って思ったけど、本当に、すっぽり忘れることもあるもんだね」

洋子が大きく笑った。そして言った。

「結婚式、波奈実も呼ぼっと。連絡先探さなきゃ。高校のとき、結構三人で遊んでたし」

「いいね! ねぇ、波奈実が赤いパーカ羽織って、私たち三人で異様にふざけてる写真が出てきたんだけど、なんか覚えてない? 高校の食堂の横で撮った写真。……モヤモヤするんだよね」

「うーん……？　なんだろ。なんかあったような……」

「でしょ？」

「波奈実がわかるかも！　結婚式で話そっか！」

「うん！」

原宿を歩いていたらこうなった

原宿を歩いていると小雨が降ってきた。

「この雨、強くなるな。ちょっとコンビニで買ってくるわ」

そう言ったトオルが走り出した。

私がコンビニの前で待っていると、黒いキャップをかぶって出てきた。

「え？　傘は？」

「キャップを買った。頭濡《ぬ》れないだろ」

トオルはこんな奴。私の男友達。

「どんな男がタイプなの？　見た目とか」

突拍子もない質問。トオルはこんな奴。

「髭《ひげ》が生えている人。でもね、髭がある男とキスはしたくない。チクチクして痛い。でも髭が生えてる人がいい」

私はこんな奴。

「ねぇ傘買ってきていい？」

「だったらおれ買ってくるよ」

待っていると、同じ黒いキャップを買って出てきた。トオルはこんな奴。

「傘じゃないんだ。ありがとう。かぶるね」

私はこんな奴。

しばらく歩いていると、男女に話しかけられた。

「すみません。街角スナップにご協力を。カップルのおそろコーデということで」

あふれる含み笑いを抑えながら、無表情で申し入れを許諾する。

簡単な撮影が終わるとプロフィール用に名前などを聞かれた。

「じゃ最後に、お付き合いしてどれくらいですか？」

「一日です」

トオルがふざける。トオルはこんな奴。

「そうだよな？」

「え？」

あふれ出そうな笑顔を抑えながら、困った顔を取り繕う。私はこんな奴。

「今からお付き合いしてくれよ」

トオルはこんな奴。

「はーい」

呑気《のんき》な返事。でも胸の鼓動で声は震えそうになっている。私はこんな奴。

「おめでとうございます」

男女に見送られ、歩き出す。

「雨、やんだな。傘買わなくて正解だった」

「いや、キャップ買ってんじゃん」

「キャップじゃなくて、傘買ってたら声かけられてなかった。手もつなげなかった」

ぎこちなく恋人つなぎをする。

トオルの中指と薬指の間に、私の指が二本挟まれてる。でもそのままにする。

「今後、チクチクさせちゃうけど、ごめんな」

「はーい」

私たちはこんな奴。

おもしろい女友達

エミはおもしろい。

居酒屋のテーブルに並んだ料理の数々。

「おれ、もずく酢、注文しようかな」

「いいんじゃない。あっ、夏目《なつめ》くん。海藻ってハゲ予防にいいらしいよ」

彼女とは数年来の友人。こうして数えきれないほど会っている。

「そうなんだ。じゃ、たくさん注文しよう。十個くらい」

「じゃ、もずくズだね」

「複数形にするなよ」

理解していることを強調するように指摘した。しかし、ふざけたあとのウイニングランは不要と言わんばかりの彼女は、平然と会話を進める。

「現状、頭皮はどんな感じなの？」

「おれ、まだ二十八だし余裕だよ」

自信満々に髪をかき上げ、生え際を見せた。

「ヤバいよ。おでこすごく広い」

うそに付き合う。

「どれくらい広い？」

「そだねー、本当に広くて、〈りんご何個分〉の大きさっていうより、〈東京ドーム何分の一個分〉の大きさっていった方がわかりやすいくらいに広いよ」

「デカ！　めっちゃ広い！　おれのデコ！」

やはりエミはおもしろい。

そんな彼女に毎日会いたくなる。

それはおもしろいから。

仕事終わりに顔を見たくなる。

それはおもしろいから。

たまにでいいから、偶然でいいから、手と手が触れ合いたくなる。

それはおもしろいから？

ネットで星座占いにアクセスして、「見せて」とおれのスマホを取ろうとして、触れてきたエミの手。

〈アボカドとキムチと胡麻油《ごまあぶら》〉の一品料理のおいしさに感動したのか「おいしい、これ最高。いぇーい」と、ふざけてハイタッチを求める手。そこに触れにいったおれの手。

横並びで歩いていて、ぶつかった二人の手。

エミの手は、おれの心の恥部を手こずらせる。

星座占いのとき、彼女の手が温かかった。なるほど、手のぬくもりがおれの心の大黒柱をもろくするのか。と、思っていたがハイタッチをしたあの日は、彼女の手が冷たかった。するると、おれの心は石油ストーブがつくように温度が上昇してオス臭くなった。なるほど。体温の違いを感じて、おれは異状を呈するのか。と、思っていたが、翌日、会社で資料の受け渡しで同僚の女性社員と手が当たり、体温差を感じたものの、無感情。なるほど。答えは一つ。エミの手のみがおれの心の入場券を持っている。と、結論づけたが、そもそもなぜその入場券を彼女は持っている？　そうか。おれが持たせたのか。なぜ持たせた？

ようやく答えを導き出せた。

おれはエミに恋をしている。

彼女との長い関係性と彼女のおもしろさが霧となり、おれの感情の向こう側の視界を悪くしていた。

それが判明してから数日ぶりにエミに会うと、感情をごまかすことはできなかった。

いつもの居酒屋に、いつものエミと、いつもと違うおれ。

目が合うと、ぶつかっているタイムを計ってしまう。目が合った回数を測ってしまう。

「夏目くん、今日、なんか違うね」

「いや、そうかな」

「ずっとそわそわしてるよ。会社のお金でも横領した？」

「えへへへへ」

安っぽい悪役のような笑い方をしてしまった。

今日も笑わされるおれは、気持ち悪い男になっていた。

その日からエミと会うごとに、おれの気持ち悪さは増した。

それでも彼女は変わらず、何度もいつもの居酒屋に通ってくれた。

「この前ね、おもしろいことに気がついてね。私、一人で大笑いしたことがあって」

いつもは電車を待っているような顔でふざけるエミが、前もって「おもしろい」と告げることは珍しい。

「なに、なに？　なんだろね？　なに？」

おれの相槌《あいづち》はすっかり気持ち悪い。

「私たちってさ、出会って三年くらい？　恋愛の話をしたことがないの。その理由を考えたら大笑いしたの。それは、恋愛話って一発目の質問に『恋人はいるの？』って聞くでしょ？　聞かれた側は『いる』または『いない』って答えるでしょ。『いない』って返答された場合、次の質問は絶対に『今、好きな人いるの?』でしょ? そうなると、『いる』または『いない』って答えるでしょ? 『いる』って答えられたら、『誰? どんな人?』って聞いて、好きな人を説明された場合、それが自分じゃないかもしれないっていう恐怖心が私たちの中にあるんだと思うの。また、好きな人が『いない』だった場合も同様に、自分は好きな人に該当していない、自分は好かれてないんだって傷つくの。つまり、私たちは、お互いに、好きな人に選ばれない恐怖から逃げていたの。それに気がついたら、もう、私、笑いが止まらなかったの。と、まぁ、とても哲学的に言いましたが、これが私なりの夏目くんへの告白です。こう見えて滅茶苦茶に勇気を出したんだけど、どんな感じかな?」

おもしろいエミの告白はやはりおもしろかった。

数年の友人関係に終止符を打ったその日の帰り道、居酒屋から駅までの距離を、手をつないで歩いた。

「あれ見て」

すでに営業時間を過ぎたガラス張りの服屋を指さしたエミ。

暗い店内にある全身鏡。そこに映る二人。

天気雨のような。

泡立たない石鹸《せっけん》のような。

男子中学生がヒゲをたくわえているような。

そんな違和感の正体は、全身鏡の中で手をつなぐおれたちだった。

右手でエミの左手をつないでいるはずが、鏡の世界では左手で彼女の右手をつないでいた。鏡は左右反転のみで上下はそのままである。その違和感さえも凌駕《りょうが》する二人の姿。

おれは笑いを抑えることができなかった。

彼女も同様に。

店内に向かって大笑いする二人を、通行人はどう見たのだろう。

友人から恋人への〈昇格〉は、おれたちの場合は〈笑格〉と書くのか？　おれはやはり、つまらない。

「私たちがカップルってことが信じらんない」

「そうだな」

「この事実をのみこむのは時間がかかるかも。お肉のミノをのみこむくらい」

「確かに、時間かかるけど」

おもしろい友達のエミは、おもしろい恋人になった。

ようやく手をつなぐことに慣れた頃、エミが家に泊まりに来ることになった。

夜、最寄り駅まで迎えに行き、手をつないで帰る。

いつもまぶしく感じる歩道にはみ出るスーパーマーケットの明かりが、笑みをこぼしながら歩く彼女の顔を照らした。

〈エミ〉と名付けられたこの人は、名前に沿って生きている気がした。

靴を脱ぎ、部屋を見渡す彼女。

「案外、汚いね」

「そういうときってだいたい、『案外、きれいね』って言うだろ」

「案外、掛け時計、実家感が強めだね」

「おれの掛け時計がどんなのかって、予想なんかしてなかっただろ」

いつもの調子で、飲み食いするおれたちに違和感はなかった。

数年来の友人から、簡単に、恋人に昇格できたのかもしれない。

買い込んでいた惣菜《そうざい》は食べきった。

缶チューハイは残り一本ずつ。

シャワーを浴びるおれ。

水気を拭き取る。

リビングに戻る。

「どうぞー。シャンプーとかも勝手に使って」

「へーい」

エミもシャワーを浴びる。
ドライヤーの音が聞こえる。
化粧を落とした姿でリビングに戻ってきた。
「案外、まんまだな」
「そういうときってだいたい、『案外、きれいだね』って言うの」
缶チューハイを飲む二人。
盛り上がる会話。
笑う二人。
止まる会話。
缶チューハイを飲む二人。
テーブルに置くアルミ缶。響く音。
それに負けじと響く秒針の音。
あくびをするエミ。
浅いあくびをして「あくび、うつった」と言うおれ。
同じタイミングで缶チューハイを飲み干す二人。
凹《へこ》ませるアルミ缶。
立ち上がり、電気を消すおれ。

安くて薄いカーテンが外の明かりをわずかに招き入れる。
エミの隣に座り直すおれ。
テーブルに膝をぶつけて倒れる凹んだアルミ缶。
それを立て直すおれ。
そしてまた倒れる凹んだアルミ缶。
凹みを下にして安定させた状態で寝かせるおれ。
立ったままのもう一方の凹んだアルミ缶を寝かせたエミ。
隣を見るおれ。
こちらに顔を向けたエミ。
暗さが邪魔をして目が合わない二人。
顔を近づけるおれ。
動かないエミ。
動く秒針。
触れ合う唇。
あまりにも柔らかくないエミの唇。
再確認。やはり柔らかくないエミの唇。
横に突っ張っているようなかたいエミの唇。

小刻みに揺れるエミの唇。

唇の隙間から鋭く短い息を何度も吐き続けるエミの呼吸。

唇を離し、顔を離すエミ。

呆気《あっけ》に取られるおれ。

暗がりに慣れて、目が合う二人。

「私、どうしよ。おもしろくて仕方がない」

張りのある声を出して大笑いするエミ。

さらにおもしろさが増幅したのか、腹を抱えながら床に倒れ込むエミ。

そんな彼女を眺めて、凹んだアルミ缶を二本、立て直した。

「おれ、めっちゃ緊張してたのに」

「だって私たち、ちょっと前まで、友達だったもん」

暗がりに白い歯を浮かせて、満面の笑みでこちらを見るエミ。

それを見るおれ。

エミは可愛《かわい》い。とてつもなく大切だ。

あとがき

十秒先の未来に

自由が丘が好き。自由が丘には「ココが売り！」のスポットがないのに、休日になったら人が集まる。みんなきっと、なんとなく自由が丘が好き。そこが好きだ。人に対しても同じことが言えるかも。「この人のココが好き！」と断言できないときこそ、好きの量が多い気がする。

※２０２４年現在、自由が丘駅前再開発中で、ついに売りができるのかも。

ソフトクリームの置物

リビングに飾りたいけどいらないモノNo１が、ソフトクリームの置物。本物のソフトクリームの先端は、だいたいふにゃりと垂れている。そこを一口目にパクッと食べる。するとオリジナルの形になる。毎口、形を変えるソフトクリームの先端。ソフトクリームって楽しい。

大好きと好き

好きは曖昧《あいまい》で、嫌いはハッキリしている。〈好きじゃなくなったから〉、これだけの理由では恋人と別れられない人もいれば、別れられる人もいる。でも、嫌いになったら誰しもが別れる。そもそも〈好きじゃなくなった〉、これだけのことで別れる必要がある？

耳たぶ

イヤホンを買いに行く。好きな人についてきてもらう。購入後、昼食。注文して料理がテーブルに来るまでの間に買ったばかりのイヤホンの箱を開封。テープでしっかりとめられている開けにくい箱。強引に破り開けて、イヤホンと説明書を取り出す。まずは説明書を広げて、「読むほどでもないか」と、目の前にいる好きな人に説明書を押しつける。好きな人はなんとなく説明書を眺める。

スマホとイヤホンを接続して音楽を流して音質を確かめる。最近の一番好きな曲。好きな人にもイヤホンを渡して、「うん、音質いいね。この曲何? すごくいいね」と言われる。昼食後、ぶらぶらして帰宅。夕食。お風呂に入って、寝る前に買ったばかりのイヤホンを出そうとカバンを探る。するとカバンの底から、力ずくで開けたイヤホンの空箱が。それをゴミ箱に捨てる。もしかして説明書は好きな人が持って帰ったのか。なんとなくゴミ箱に捨てた空箱を取り出して保管する。本当はこんな話を書きたかった。勢いで書き始めたから随分と変わっちゃった。なのに表題作。

杖を持つ人がいないと杖は立たない

ある暑い日のこと。公園で、お上品なおじいさんがペットボトルのお茶を片手に近づいてきて、「ごめん、これ開けてくれる?」と言ってきたから、ふたを開けて渡した。すると「ありがとう。お礼に何かいる?」と自動販売機を指さした。僕は迷ったが、一瞬の判断で「いいんですか!?」とスポーツドリンクを買ってもらった。そして「ごめんなさい、これ開けてもらっていいですか?」とボケた。おじいさんは爆笑し(自分のボケを自画自賛)、「ありがとね」と言って帰っていった。よかった。

キスヒーロー

おもしろいと聞いて観た映画が実際におもしろかった。情報なしに何気なく観た映画がおもしろかった。後者の場合の衝撃たるや。恋愛でも、そうなのでは? 「素敵な人がいるから」と紹介されるよりやっぱり、何気なく出会った人、というのは末恐ろしい。恋愛の未来はすべて末恐ろしい。だって、非常に悪くなることもあるし、非常に良くなることもあるから。恋愛の未来に〈普通〉は絶対にない。

父さん、母さんには内緒だよ

幼い頃、父と出かけた帰り道、「秀介、お母さんには内緒」と、夕食前なのにアイスを買ってもらって食べた。しかし、帰宅してすぐ母に「アイス買ってもらった」と言ってしまった。父は「あちゃー」と両手で顔を覆った。どういうわけか、あのときの父の両手の指の関節の皺《しわ》の具合を鮮明に覚えている。記憶ってすごく不思議。

理由な彼女

大人数の食事会が苦手。でもいつの日か好きになるときが来るんだろうな、ってなぜか思っている。そんなことはさておき、大人数の食事会が苦手な人は、同じく食事会が苦手な人を恋人にするべきなのか。はたまた食事会が好きな人を恋人にするべきなのか。答えはわからないから、これについてとりあえずみんなで話し合いたいので、食事会を開きましょう。

作られた笑顔

二十年前、山口県萩市《はぎし》に行った。暑い日だった。偶然立ち寄った店に夏みかんソフトクリームが売っていた。なんの気なしに買って食べたら、美味しすぎて笑ってしまった。〈おもしろい〉と笑うし、〈おもしろすぎる〉ともっと笑う。〈美味しい〉と嬉《うれ》しいし、〈美味しすぎる〉と笑ってしまう。〈好き〉だとドキドキするし、〈好きすぎる〉とニヤニヤしてしまう。

寝転ぶ影

人の影はお化けっぽい。なのに、影がない人がいたら、その人はお化けだ。影がある人の方がお化けっぽくない？　やっぱり人ってお化けみたいに怖い生き物。

恋の教訓

好きな人への告白の言葉によって結果は変わるのか。僕は、変わらない、と思う。だから素直に「好き」か「付き合って欲しい」でいいでしょ。それなのに、恋愛リアリティショーでは、まわりくどく伝えるんだよね。それがすごく好き。

大雑把な過酷

大雑把になりたい。銭湯でシャンプーで洗髪して、その流れで、そのまま洗顔する人。食器洗いで、泡だらけになった食器をサッとしかすすがない人。オフィスにあるウォーターサーバーの水が出る付近の水垢《みずあか》が気にならない人。ふと、これらって大雑把ではないのかも？ みんな子どものときはこうだった？ つまりは、大雑把は童心。童心最高。

恋の非行行為

先日、知り合いに「○○さんって方を御存じですか？ 福徳さんと中学の同級生だったらしく」と言われた。全く思い出せなかった。だから「え？ 知らないです」と言おうとした刹那、○○さんに申し訳ないと思ったから「覚えてますよ」と言おうとした刹那、正直に生きようという人生のテーマ並みのスローガンを掲げ、「思い出せないですね」と言った。そして今、これを書きながらじわじわと、正々堂々と戦いたい感情になり、母に「中学のときの卒業アルバムに○○っていう人がいるか見てくれない？」とラインを送信。すぐに返信が。「今、出先だから、帰ったら見てみる」と。さぁ、どうなることやら。

かかってこい、○○さん。

幸せな答え合わせ

くだらない話とは。例えば「新幹線を立たせたら、その高さは何階建てのビルに等しい？」とか。いや、これはちょっと興味深いし、調べたら答えを知れるからダメ。くだらない話って、答えを知れないことなのかも。通りすがりの人の職業や、通りすがりの夫婦の出会いや結婚に至るまでの経緯を勝手に予想したりすることが、くだらないし、楽しい。こういう、経済効果ゼロの、答えはあるけど答えを知れない討論を共にできる人とは、永遠に気が合うのかも。でも八十歳になった僕がこれを読んで「若い考えやな」と嘲笑しそう。

こんなオレとあんなマヨ

同い年の友達(四十歳)とカフェでおしゃべりをした。友達にはできたての彼女がいたから「最近どう?」と聞くと、「たった四か月で別れた」と。僕は「早っ」と笑った。もはや「速っ」のニュアンス。友達は「高校生みたいや。その日お互い機嫌が悪くて自然とケンカして別れた」と。僕は笑ってから「どれだけ不機嫌な日でも、恋人と会ったら上機嫌になる。それが恋人」とロマンチックをほざいた。すると友達は「でもありのままの姿で会いに行くのも恋人よ」とロマンチックをほざき返してきた。会話はここで終わり、僕らはゆっくりとケーキを完食した。

暑い廊下のせいで

真夏のある日、ランニングをして汗だくになって、公園の水場で顔を洗って、頭にも水をかぶって、汗と水の境目もなくなって、再び走り出した。すぐに、菓子パンを歩き食べしている女性が前から来て、それが知り合いだったので、「久しぶりです!」と声をかけようとしたけど、僕は汚いし、知り合いは菓子パンを歩き食べしているし、さらに有線のイヤホンで音楽を聴いているから、気づかないフリをするべきだと素通りしようとしたけど、向こうから「お久しぶりです!」と声をかけてきた。知り合いはいつの間にか片耳のイヤホンを外していた。だから「お久しぶりです! 何食べてるんですか?」と聞いたら、知り合いは片耳のイヤホンで音楽を聴いているせいか、大きな声で「パン!!」と言った。それがキュートだった、とかそんな話ではなく、ただの出来事。

美人

フランスの菓子、マカロンは可愛《かわい》い。でも可愛すぎやしませんか。〈マカロン〉っていう名前もいかにも。一方、カヌレは渋い。〈カヌレ〉っていう名前も渋い。そのくせ、もちっとしてやがる。カヌレをもし床に落としたら汚れちゃいそうな感じがある。マカロンは床に落としても、手でパッパッとすれば、キレイに元通り。やっぱり落ちたら汚れなきゃ。僕はカヌレみたいな人が好きだ。

近づきたいのか、近づいてきて欲しいのか

母からラインが来た。先日、知り合いに「○○さんって方を御存じですか？　中学の同級生だったらしく」と言われて、母に卒業アルバムを確認してもらう件だ。母から届いたラインは、「○○っていう人はいなかった」だった。○○さんに近づこうとしても○○さんはいない。

私のことなんか言ってた？

泣きそうになると、体のどこかがグッと熱くなる。どこかはわからない。鼻頭が熱くなるのは間違いない。でもする。鼻頭が熱くなる前に、胸のどこかが熱くなっている気がする。ほっぺたの内側が熱くなっている感覚もある。でもやっぱりどこかわからない。たぶんそこが心のはず。この短編と全く関係ないことを書いている僕のことどう思ってる？

じょうろが不安定な〈デンジャーな日〉

今日はなんだかうまくいかない日だなぁ、と思ったとき、どこまでこれが続くのかとテンションが上がる。この思考は三十代後半で手に入れた。それまでは、うまくいかない日はイライラのミルフィーユみたいな感じだった。

飛行機雲を見る僕を見る君

文字がデカデカとプリントされたTシャツは苦手だ。ブランド名がデカデカとプリントされているのはもってのほか。でも、真っ白のTシャツに〈HIKOUKIGUMO〉がデカデカとプリントされたTシャツなら欲しい。水色の生地に白字で〈HIKOUKIGUMO〉なら尚更コンセプチュアル。いっそのこと、〈飛行機雲〉というアパレルブランドを立ち上げるか。あー、そうなると、結局、ブランド名がプリントされているTシャツに。これが初期衝動を忘れるということ。初期衝動はいつだって胸の中に！

赤いパーカの女

どんどん忘れる。どんなにイヤな出来事もいつか忘れる。と言いたいところだが、忘れられないイヤな出来事もある。たまに「イヤなことなんて、寝て忘れろ！」と力技を提案してくる人がいるが、イヤな出来事のせいで寝られなくなるのだ。寝られないくらいにイヤなことがあるのだ。「寝て忘れろ！」と言うような人は、一旦寝ておいてくれ。

原宿を歩いていたらこうなった

原宿にある餃子屋《ギョーザ》さんが好きだった。安くて美味しい。人気店だから並ばないといけない。何度も並んで餃子を食らった。通って二年目くらいか、ある日、その店がチェーン店だと知った。こんなとき、「ショック！」と思うのか、「あの餃子をどこでも食べられる！」とハッピーに思うのか。餃子の話をしていますが、包み隠さず言うと、僕は後者だ。

おもしろい女友達

友達が恋人に。こんなロマンチックなことを妄想しながら文字にするという行為を僕は行った。この話を書いているときが一番楽しかった。少しの理想と、少しの非現実感と、たくさんの高揚感で書いた。友達が恋人になった時点で話を終えようとしたが、「この二人がどちらかの家に行く様子も見たい！」と、なかば興奮状態で続きを書いた。自分で書いておきながら、ト・キ・メ・キに背中を押され、どんどん書き進めるも、やっぱりなんだか恥ずかしくて僕が笑った頃、登場人物たちはキスをして笑った。すごいタイミングだった。でもこの二人はいずれ別れるのです。やっぱり友達だったのです。うーむ、切ない。

＊本作品はフィクションであり、実在する人物・団体などとは一切関係ありません。

福徳秀介（ふくとくしゅうすけ）
1983年生まれ、兵庫県出身。関西大学文学部卒。同じ高校の後藤淳平と2003年にお笑いコンビ「ジャルジャル」を結成。TV・ラジオ・舞台・YouTube等で活躍。キングオブコント2020優勝。福徳単独の活動として、絵本『まくらのまーくん』は第14回タリーズピクチャーブックアワード大賞を受賞。そのほか著書に、絵本『なかよしっぱな』、長編小説『今日の空が一番好き、とまだ言えない僕は』、短編小説集『しっぽの殻破り』がある。

初出・出典
本書は、「読売中高生新聞」の連載作品と、「週刊スピリッツ」、「ｎｏｔｅ」で発表した作品に加筆・修正したものを中心に収録しました。『十秒先の未来に』『耳たぷ』は書き下ろしです。

耳たぷ
2024年10月21日　初版第1刷発行
2024年11月19日　第2刷発行

著者　福徳秀介
発行者　野村敦司
発行所　株式会社　小学館
〒101－8001
東京都千代田区一ツ橋2－3－1
電話　編集03－3230－5625
販売03－5281－3555
DTP　株式会社昭和ブライト
印刷所　TOPPAN株式会社
製本所　株式会社若林製本工場
装画　an
装丁　佐藤亜沙美（サトウサンカイ）

ISBN978-4-09-386736-8　Printed in Japan

制作／友原健太、資材／斉藤陽子、販売／岸本信也、宣伝／鈴木里彩
編集／田中明子